我沉默地迎客，客人也沉默地離開……
雖然只做到這樣，臨走時對上的目光，似乎在說：
什麼都不說也很好喔，我喜歡這樣素樸的店。

——大坊勝次

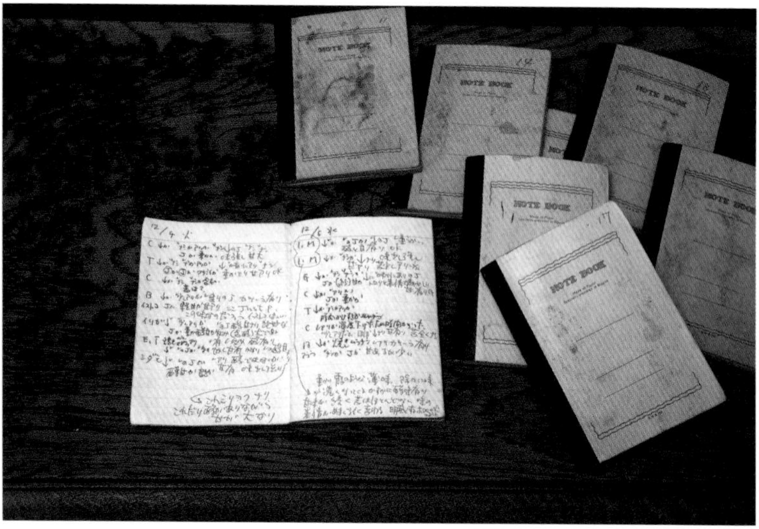
NOTE BOOK

非常口

大坊
珈琲店

金憲鎬的陶器

平野遼〈朝之道〉（上）、〈伸出手的人〉（下）

鹽崎貞夫〈櫻花〉，塑像

鹽崎貞夫
上〈櫻樹下〉
（作家攝影）
下〈國上山一帶〉
（Form畫廊提供）

大坊珈琲店手記

——把在這裡的時間，變成重要的時間

作者——大坊勝次

譯者——賴明珠

目次

第一回

大坊珈琲店關店了。那是二〇一三年十二月的事，因此是很久以前了。不過回想起來，好像是昨天才發生，但也覺得像是十多年前的事。

我想起下定決心關店的經過。過去老想著開店要長遠而撐了過來，除了累積一個一個的客人之外，別無他法。我的基本想法是，所謂長久開店，只要持續做下去，客人總會一點一點累積起來。倒也從來沒有想過不做了。因爲店面是租來的，不知道會發生什麼狀況，一直只想著要怎麼做才能開下去，爲了繼續下去還能做點什麼。

然而，大樓要拆掉了，我那時第一次萌生關店的念頭。我想是考慮到自己的年紀的關係。先是冒出這樣的想法：如果以現狀來看，雖然大可做下去，可以換地方開新店，但又能持續幾年呢？想到「關店」這選擇時，一瞬間，時鐘好像停了，聲音消失，身體也凍僵似的動彈不得——是誰呀？是誰這樣想的？慢慢轉過頭來看看四周。我想那是一種恐懼，像體溫被剝奪了似的空白。但接下來，漸漸像泡在溫水裡，身體逐漸被溫度包覆，暖和起來。感覺到心裡的石頭放下了般的踏實。每天早晨烘豆和開店萃取咖啡，真的全都不用做了嗎？這樣的幻想，真的是幻想，難免浮上心頭。這樣的反應連自己都料想不到。

我再說一次，我從來都沒有動過不想做的念頭。早晨要花五個小時，手一直轉著烘豆機很辛苦，事實上轉不到一半就開始厭倦；儘管如此還是沒打算關店，甚至覺得一邊期待著成品就烘好了。所以，那種連自己也嚇一跳的感覺湧現的情景，現在都還鮮明記得。真的是放下懸念嗎？身體居然有這麼大的反應？還是勞力付出到達極限了呢？

當然從那之後，我冷靜地思考了好幾個月：到底該怎麼做，對店、對自己最好？但甫萌芽的念頭確實也越長越大。恐懼和踏實的感覺交替來襲，卻也逐漸強化了決心。

那陣子我經常在想，該怎麼向顧客交代才好。店能夠長久支撐下來，眞的是託顧客的福。剛開店時還被人說，你眞能撐過一年嗎？如果能撐三年就很厲害了。大概是看我的菜單上沒賣吃的，除了咖啡之外，幾乎沒有別的選擇。更何況沖泡一杯咖啡太花時間，因此一般人多認爲這種生意做不久。生意確實清淡。不怎麼熱絡招呼的男人，沉默地沖著咖啡，客人也沉默地喝著咖啡，沉默地回家。好像有點陰沉的感覺呢。店內整個漆成陰暗色調，沒什麼活潑有趣的元素。當店裡沒客人，自己一個人選著豆子時，走進來的客人會問：「還有賣嗎？」甚至還有人會開玩笑地打招呼：「還活著嗎？」對於打算一個人看書的人或許正好，既安靜，也不必慌忙地被迫讓出位子給別人。話雖如此，起身準備要回家的客人中，偶爾會有人把眼光投過來，那眼神好像在說，味道很好喔！我沉默地迎客，客人也沉默地離開。雖然只做到這樣，臨走時對上的目光，似乎在說：什麼都不說也很好喔，我喜歡這樣素樸的店。雖然我自己個性上會往自我感覺良好的方向理解，不過有些客人隔一段時間又會出現，從他們眼神就能感受到的反應，是多大的鼓勵啊！那個回應，給了我力量，讓我感覺即使不改變做法，還是能再撐一陣子。店就是有這些人的支持，才到現在。

於是我思考的是，必須留一些時間，向顧客好好道別。對於這陣子可能來不了，但以前常來的人，我想鄭重道別後再收店。對於偶爾露面，下次不知道什麼時候才會來的人，我也想打聲招呼。一年來一次，或十年沒見，總之很多好久不見的人，我都想一一道別。三十八年來，無論工作、居住地、人生都有著很大的變動，這是歲月本來的樣貌。雖然如此，依然有很多人記得我們，會走進店裡。這是我首先想到的事：我必須提前通知他們，製造道別的機會。

不過在那之前，最先必須告知的是員工。七月中旬時，我告訴大家，我們將於二〇一三年十二月歇業，目前沒有考慮換地點、重新開店。五個月後的生計問題，請大家各自先做打算；在這期間，就算缺人也不再增加臨時人力。我想以現在的成員營運到最後一天，因此拜託大家幫忙到十二月，感謝大家一直以來盡心付出。對於知道住址的顧客，我們先寄明信片通知；同時拍下店內的相片，印成小冊子分送給客人（這後來改成書的形式出版）。

就在為關店做準備時，出乎意料的事發生了。消息才一發出，網路上立刻傳開，轉眼間大家都知道了。我好驚訝。好久不見的人擔心地來問：「到底發生什麼事？」經常來的人進來問：「以後怎麼打算？」沒來過的人則走來看：「有這樣的店哪？」在國外工作的人打電話來問：「到底發生什麼事，鬧這麼大！」我第一次知道，原來這就是所謂的「炎上」。

回想這三十八年來，總是希望每一位客人喝了我們的咖啡感到滿意，相信客人會因此一個一個增加，於是一杯又一杯地沖著咖啡——就是這樣的三十八年。這跟網路傳播不一樣，我們是靠一個個口碑，一點點、一點點慢慢地累積，一年後大概會再多一些人知道吧，是這樣持續做下來的三十八年。對於支持我們的客人，我打從心底想說謝謝。沒有客人上門、閒到發慌的苦日子，我深有體會。然而，生意突然大好，忙到連道謝的時間都沒有了。不過我想，或許始終默默沖著咖啡的姿勢，用開店以來完全沒有改變過的沖咖啡方式，表達「託各位的福，我們才能圓滿落幕」，也能算是聊表謝意吧。

此外，還發生了另一件意想不到的事：出現了說「請讓我好好跟你們道別」的客人。「我雖然只是個客人，但在這裡的時間，對我來說非常重要，長久以來謝謝您了。」他說完就離開了。之後，又有許多人陸續來致意後隨即離去，接二連三。

這裡雖然是不多話的店，但仍會禮貌地跟客人打招呼，不過，倒有不少客人一句話也不說就離開了。遇到這種情況，我總會想，他原本就是這樣的個性吧。不過即便如此，感覺每一個人都把在這裡的時間，變成重要的時間。我為此感到驚訝，也深受感動。

我當然希望一杯咖啡，能讓人放鬆身心，因此咖啡必須好喝才行。人們喝到好喝的飲品時會放鬆，喝到合胃口且特別美味的咖啡時，會忍不住長吁一口氣。而且我總認為，如果有人在他面前姿勢端正，一滴一滴認真沖咖啡的話，他一定會徹底感到放鬆。因此，我沖咖啡時是沒辦法說話的。咖啡必須靜靜地沖泡，因而整個過程，不得不請客人耐心等待。

有客人寫了信來，也有很多客人留下紙條後才離開。

長久以來
這裡始終是一個
讓我找回安靜、放鬆
找回踏實歸屬感的地方

謹此致謝。

對老闆您來說

或許理所當然

但每天理所當然地做著同一件事

理所當然地繼續下去

並不是每個人都能辦到

前面也說過

沖咖啡

泡咖啡

雖然有這些動詞

卻是初次體驗到

欣賞咖啡

不但親眼見證而看出神

與其說是做給人看
不如用魅惑人這字眼
更恰當
安靜地　流動般的
一舉一動　每個環節都重要　絲毫不馬虎
這樣的舉動
光看著
心就自然靜下來。
以前有一群來自美國的開朗客人
熱鬧地佔據櫃檯座位
看到老闆手中的動作
誰都不再說話
全體視線

都投到　那手指上
名副其實地　定住了。
那也正是　我的
姿勢和心情
完全沒有交談
卻讓他們體驗到
心情互通的美好感覺。
既然有茶道
應該也要有咖啡道
那是安靜　美麗
樸素　溫暖的
美好時間
店即使失去了形體

失去的部分
將以更深的記憶
更濃的色彩　留在內心深處。
真的非常感謝。

進入十二月之後，我們更忙。手搖烘豆機第一次來到極限狀況，豆子根本來不及烘。當初剛開店，就設想過如果手搖烘豆機來不及的話，就必須再多進機器。但是店裡狹窄，機器要擺哪裡呢？不知道該說幸運還是遺憾，後來生意總算還應付得來。確實，手一天要持續轉動四到五小時很辛苦，但想到進機器之後的麻煩，就不得不苦撐下來。

然而，到了店要收的時候，才發現手搖烘豆機烘焙出的量，實在不足以供應，沒辦法，只好限量販售咖啡豆。

入口排起了隊伍，沖著咖啡的同時，眼前有多達十個二十個咖啡杯在等著。這也是開店以來從沒看過的景象。然而我無法改變萃取咖啡的方式。一整天下來，只能始終以固定姿勢一滴一滴地用法蘭絨濾布沖泡咖啡。然後十二月二十三日，忙碌達到巔峰，毅然決然如期關店。

對這段時間前來的客人，和從以前就持續光顧的客人，我都無法好好打招呼、好好道別，只能在最後靜靜地拉下店門。即使這樣，我想顧客應該已經接受了我們歇業的事。但我的夥伴們卻像斷了線似的，雖然這並不意外。

好像登上險峻的峰頂時，一腳踩在空中，被放逐在漫無邊際之中。雖然如此，這是少了員工協助就難以撐過的狀況。大家眞的很棒。當我告知要以現在的成員結束營業，請求協助時，他們都一口答應。三名店員對於措手不及的狀況，都能以團隊默契沉著化解。我知道非常辛苦，這一切令我畢生難忘。其實我後來辦了員工慰勞旅行，但大家似乎都沒心情看風景，去哪裡都提不起勁，結果成了一趟悵然若失、完全不知所措的旅行。

大坊珈琲店就這樣不在了。

第二回

咖啡店的角色，我想不外是用一杯咖啡，讓人稍稍喘口氣。人們喝咖啡所求的，不過是一段休息的時光。總之，人是忙碌的生物。眼睛看到什麼會盯住留意，耳朵聽到什麼會有所反應，難以片刻得閒。這時會渴望喝一杯咖啡，一杯讓心情沉靜下來的咖啡。

人們在喝了美味的茶或咖啡時，會鬆一口氣。就算不是多好喝，只要是在稍喘口氣的時候喝，就能感覺輕鬆。要是特別美味，就覺得通體舒暢，一身疲勞全飛走了。茶或咖啡之所以擁有許多無法形容的蘊藉滋味，我想和這樣的心情有關。另外是當注意力集中在飲料上的時刻，別糟蹋了享用美好滋味的心情也很重要。甜點味道好，也能讓心情放鬆。甜味一入口，心情就輕盈起來。咖啡多少有一點苦，甜點稍微甜一點應該是可以接受的。不，正因爲咖啡有一點苦，才能慢慢感受到那苦味的深度。啊，太妙了。如果咖啡也像甜點那麼甜，就會覺得不對勁。無論茶或咖啡都有甘甜的滋味，但也有澀味、苦味這些不同元素，才讓人感到放鬆。這時候嘴角會不由自主揚起。讓味道擁有表情很重要。不是只有甘甜，澀味、苦味的表情，會展現在感到放鬆的人身上，並讓人如實看清，茶和咖啡與忙碌的我們的關係，不就是這樣嗎？

咖啡店既不是職場，也不是家庭，而是讓人從自己的角色中解放出來的場所。讓人能獨處，又不算完全孤獨，有別人，比如說店裡的人。我們可以說話，或不說話，安靜自在坐在自己的位子上。這種場合並不常有，沒有比一直靜靜地待著更自在了，可以在心裡做自己。不過，安靜的人就不太說話嗎？倒也不然。其實我們很常說話，因爲我們內心是放鬆的。我們會想到打算跟他分享這一刻的朋友，也可以面對自己，並不是不太講話。

關於苦味，還有一個重點是，能讓鬆馳的心情打起精神來，不是嗎？些許的甘味讓嘴角放鬆，但甘中帶苦，則會讓人正襟危坐。這不是咖啡的功勞嗎？雖然令人難以置信，但正是苦的功勞。

我做深焙是因爲想萃出甘味而烘得較深，但苦味也烘出來了。這時會想怎麼下工夫讓苦味收斂一些。有時候烘得很順利，較多甘味，只有少許苦味。有時候覺得烘得不錯時，反而倒希望苦味多一點。一邊想著如何去掉苦味，希望苦味消失，卻又追求這種不討喜的味道，好不可思議，似乎在強求不存在的滋味。烘豆子總在舉棋不定中進行的。

第三回

咖啡的味道來自烘焙的手感，我是以手搖烘豆機烘豆子。在瓦斯爐火上喀啦喀啦轉動鍋爐，調節爐火，這樣而已。

隨著烘的時間越久，冒煙狀況會逐漸改變，因此得調整瓦斯火力；豆子顏色會改變，因此得調整瓦斯火力。烘豆子的過程中，顏色始終在變化，逐漸從綠色轉變成接近黑色的焦褐色，想起來這改變之大好驚人。我想我的烘豆過程算得上「察顏觀色」。

咖啡生豆是綠色的，不用特別描述的綠色。算是翡翠色，或稱得上青瓷色，看起來有一點透光似的深綠色。我覺得這顏色眞美。

豆子大小、形狀和顏色會因產地和精製法的不同，各有差異。這差異足以影響到最後的成品，是決定味道的重要因素，但我看到生豆時，並不會知道味道。必須等到沖成咖啡實際試喝了，才知道原來這豆子是這樣子的風味。而且，第一次接觸到的豆子，不一定能烘得恰到好處，往往要試過好幾次，換個烘法再喝看看，好不容易才掌握住豆子的調性。總之耗費時間，也很難斷定，每一款豆子適合哪一種烘焙法。結果就是，如果有一百個沖咖啡的人，就會有一百種味道。我所沖出來的味道，只是百分之一而已，不過，那是為了沖出屬於我的味道的烘法。

容我說明所謂的味道，下圖並非在表示味道由什麼科學背書而存在。我只是為了說明我烘出的風味，而畫了這張圖。這是在試喝時，便於說明味道的圖示。

在進行深焙的加熱過程中，酸味會逐漸減少。可以說相當，或說得

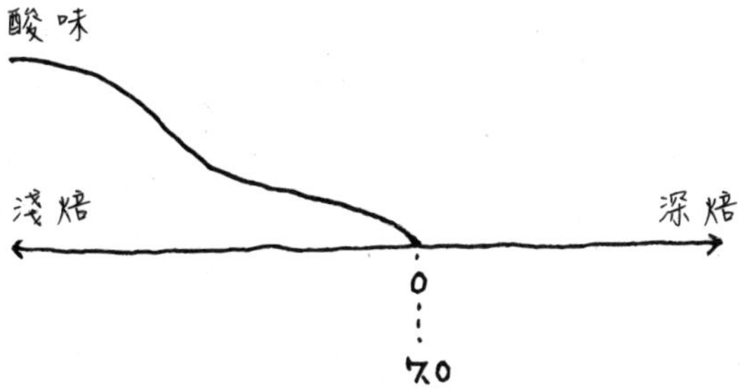
酸味
淺焙
深焙
0
7.0

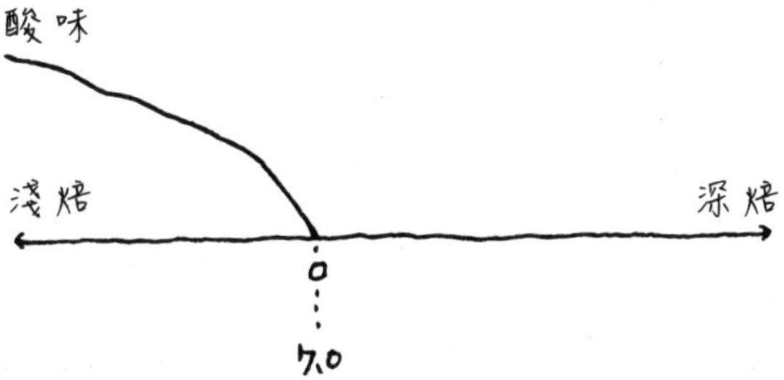
酸味
淺焙
深焙
0
7.0

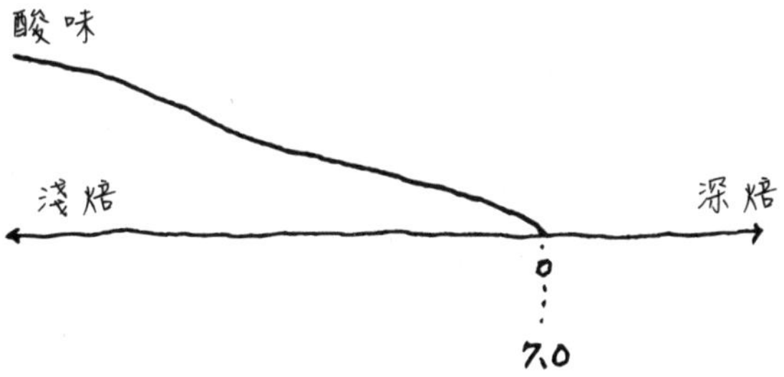
酸味
淺焙
深焙
0
7.0

極端一點，深焙的酸味落在差不多是「0」這一點。我們先在這裡放一個「7」。這「7」沒有任何意思，只是爲了方便說明。假定「10」表示烘過頭而碳化的話，「7」這個數字感覺是烘到這個程度下豆。如果比「7」再深一點的，可能成爲法式烘焙（French Roast）、義式烘焙（Italian Roast），如果是不到「7」的淺培，比較接近深城市烘焙（Full City Roast）、城市烘焙（City Roast），或是中度烘焙（Medium Roast）。不過這些稱呼並沒有明確規定基準，也沒有任何依據。

我的「7」這一個點，並不是以烘焙時間或溫度決定，而是實際試喝過後，以舌頭嘗到的味道決定。隨著烘焙的進行，有時候酸味很快消失，有時候尾韻留有酸味。我會試一下味道，幾乎感覺不出酸味時，才能判定這咖啡達到「7」這一點。酸味要達到「0」，或要留下多少酸味時下豆，是風味成形最重要的關鍵點。

爲什麼要烘得那麼深呢？因爲在7這一點前後，會出現甘味。我的烘法就是要提引出這甘味。但深焙到這個程度時，苦味也會跟著出現。深焙所產生的苦味，從7這一點前後開始增加，差不到到7.10會忽然驟增，而且散發出焦炭味。深焙不受歡迎的原因，就在這煙臭味和強烈的苦味。因此不能烘到這個程度。

然而，從7.00進一步烘到7.10時，會產生濃厚的甘味，每支豆子的差異有別。有的在7.00前後已經很苦，有的豆子烘到7.10時，苦味反而收斂，成就甘味濃厚的咖啡。這方面的平衡難以掌握，有時候甘中帶苦，或甘味中融合苦味，總之我認爲甘味必須比苦味多一點才算完美。也有人說，苦味多過甘味時的苦味才是好的，所謂苦中帶甘才好。到底是甘中帶苦，還是苦中帶甘，味覺的天秤該傾向哪一邊呢？這還是要看個人的偏好，或是每個人的期待值。

從下一頁的圖中我們無法得知，苦味在烘焙過中會產生什麼變化。但看起來，深度烘焙超過7.10時，苦味會急遽增加是顯而易見的。

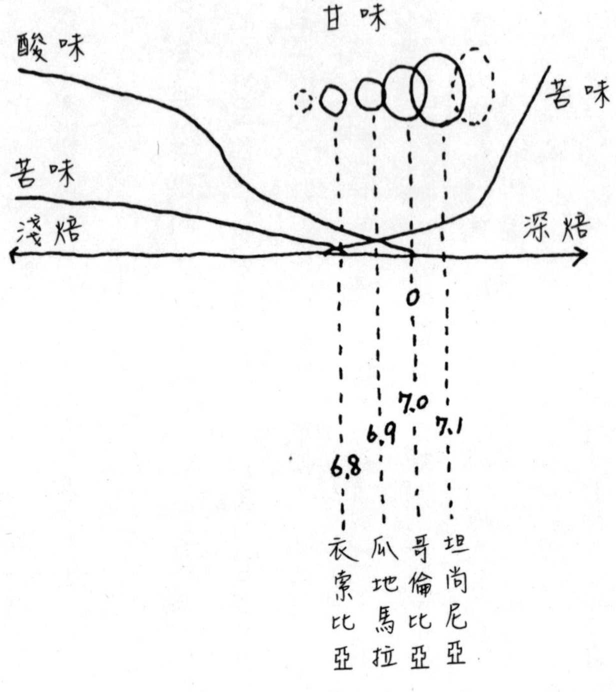
甘味
酸味
苦味
苦味
淺焙
深焙
0
7.0
7.1
6.9
6.8
衣索比亞
瓜地馬拉
哥倫比亞
坦尚尼亞

這一方面和豆子擁有多少的苦味質地有關，一方面烘焙過程的不同，也會影響苦的風味。瓦斯火力盡早關小，花時間慢慢烘焙時，苦味比較平順，我想這做法還能凸顯甘味。沒錯，這裡這樣做苦味會變得平順。

如果往6.90、6.80淺度烘焙的話，苦味相對變少，但也不能說是苦味最少的點。儘管如此，深焙所產生的苦味高峰，和深焙之前的苦味高峰，兩者的苦味成因似乎不同。告訴我有這兩種不同苦味存在的，是一本科學家寫的咖啡書。我讀到這段文字時非常高興。烘焙時過了第一個高峰，位在第二個高峰之前的谷底，我想這應該就是苦味最少的區段。感覺自己苦心鑽研的烘法，似乎獲得認可。我找到了當苦味減少時，更能喝出甘味的下豆點。這一點無論是6.90、6.80、6.70，都是因豆子的不同，或烘焙步驟不同風味而有所變化。而且，這樣烘還會帶出很多酸味。

那麼，酸味要如何處理呢？對所有烘焙者來說，這是最大的課題。隨著

6.90、6.80略微的淺度烘焙，雖然沒那麼苦，但甘味也會變少，同時酸味逐漸增加。於是形成酸味強烈的咖啡，這對喜歡深焙的人來說，可傷腦筋了。咖啡就算保有酸味，總希望少一點，與甘味平衡。我依然希望天秤上能傾向甘味，一種帶有酸味的甘味。

以我現在烘的豆子舉例說明。

例如「哥倫比亞」這支我重視甘味，於是想烘到7.0這一點下豆。不過7.0時酸度是「0」，我的想像是留下一些有感程度的細微酸度，一點點酸……的感覺，於是7.0再減一點點好了。

「坦尚尼亞」這支的話，我會烘到7.10的程度，酸味「0」就好，苦味比哥倫比亞多一點也沒關係，我想烘出濃烈的甘味。這烘法有一點危險，因爲苦味多一點時，味道難免變重，而且風味會變得暗沉。爲了得到較平順的苦味，應該是7.05再多一點就下豆呢？還是再早一點呢？必須當機立斷。

「瓜地馬拉」的話，我希望烘到6.90，帶出酸味，以及一點澀味。我想要這一支瓜地馬拉帶有澀味，但爲了跟瓜地馬拉和平相處，希望不要太澀。我想保留一點點酸味，又不宜多，所以轉念烘到6.95時下豆。

或許有人會問，像這樣列出數字如此細微的下豆點，眞的會如期達成嗎？這些數字，我是實際試飲後得到的，這些微細差別的判斷來自舌頭。接著再依照舌頭所感受的，明確調整烘焙點，實現自己的想像。

例如，烘「衣索比亞」時，因爲想留下尾韻綿長的酸味，我索性定在6.80下豆。嗯，我還打算混合四種產地的豆子，但擔心整體上偏酸。也分別定在6.80、6.85、6.90等再烘深一點，讓酸味得以中和。這時，也要早早把爐火調小，希望保留更順口的酸味。

像這樣細密思考提引與保留酸味的做法，是因爲酸味的表情也很細微。以甘中帶苦來說，爲了不要那麼苦必須慢慢烘焙，彷彿探尋山間幽谷。爲了和緩酸味的強度，下豆點可以從6.80往6.90調整，內心祈求風味表情不要消失。帶有酸味的表情是明亮的，是輕盈的，一種飄浮在空中的輕盈感。

我希望苦味盡量少、酸味也盡量少，以達到包含這兩種滋味的甘味。以上，烘法已經說明完畢，但不一定能達成。就算如實烘焙，每次味道還是不同。因爲是手搖烘豆機，全是手動調整，每次有差異恐怕無可避免。

而且個人偏好也會改變烘豆的意圖。有時就是想要苦一點，或濃厚一點的甘味，或風味強烈一點。有時相反，希望烘出多帶一些酸味的微妙風味。

7.00下豆點

甘味是否充分烘出呢？

苦味是否太多？

酸味是「0」嗎？還是稍微帶有酸味的尾韻呢？

酸味感覺偏7.01？

還是偏6.90呢？

6.90下豆點

甘味是否充分烘出呢？

苦味和酸味偏哪一邊？

比例相同，感覺是並存呢？或是融合？

有時候融合的味道，喝起來感覺少了酸味和苦味。有時候甘味會巧妙融合，找不到文字形容，感覺像三種顏色調在一起時產生出新的色彩。

這時候慢慢清晰地留在舌頭上的，多半是酸味或苦味。有時候也有甘味，但似乎比較少。多半是因爲甘味中較多成分跟香氣有關吧，因而留在舌頭上的餘味較少。隨著時間的經過，仍留下許多甘味時眞的會很高興。這個留在舌頭上的酸味或苦味，是第二天調整烘焙方向的依據。

6.80下豆點

這裡的甘味也充分烘出了嗎？

酸味多過甘味時，是屬於可以保留下來的美好酸味嗎？或調整成甘味多過酸味呢？這些都取決於各人當下的想法與判斷。想讓甘味多一些的人就往6.85、6.90去烘，想讓酸味強一點的人則往6.75、6.70的方向烘焙。

7.10下豆點

這裡的甘味同樣充分表現出來了嗎？

雖然開始產生苦味，但必須先烘出甘味達到甘中帶苦，不能讓苦味大於甘味。如果苦味勝過的話，風味就會變得不夠明亮。如果擔心豆子的苦味多於甘味，與其在7.10下豆，不如往7.05或7.00調整。

這時腦子裡會浮現矛盾的想法：明明烘出苦味收斂而順口的風味了，情感上反而會萌生追求苦味的念頭。有一點苦，不也很好嗎……

不同款豆子各有適當的下豆點，原則上會烘到那一點，但也可以稍微增減調整。即使以爲恰好符合，試喝後，味道多半會有少許微妙差異。因此不一定要特別調整，但有時會刻意調整。

剛開店時，我很堅持酸味要「0」。就算尾韻只有一點點酸，我也不喜歡。認爲就算稍微苦一點也要烘出甘味濃厚的咖啡，才是我的咖啡。知道當時情況的客人，還會對稍微融合酸味以致甘味變淡的咖啡不滿。當我正爲咖啡較苦而傷腦筋時，卻有人說：「就是這個，這味道好啊！」相反的，正爲太酸而苦惱時，也有人說：「這比例絕妙順口啊！」烘著烘著漸入佳境後，腦子裡會浮現這些人的表情。我自己抱持隨時往任何一邊調整的彈性。常會因爲風向些微轉變，或心情搖擺不定而變換。明明都縝密地記下了下豆點，最後全盤推翻，眞是抱歉，不過任誰都可能會有這種情況。稍微變通一下其實無妨。

那麼我實際以手搖烘豆機烘焙看看。

瓦斯開大火……火力一〇〇%（零分鐘）

綠色，青瓷色。

溫度上升後轉爲溫潤柔和的綠色。

綠色的通透感增加。

綠色變淡，部分開始變白。

白色增多，逐漸覆蓋綠色。

開始冒蒸氣。

瓦斯爐火轉小……七〇%（十分鐘左右）

白色中開始出現黃色。

微微帶有綠色的黃色，顏色柔和。這時候的顏色很美。

開始變橘了。（十三分鐘左右）

帶有黃色的橘色，這時候也溫潤美麗。

橘色中透出紅色。

紅色增多。

紅色中開始出現淺茶色的皺紋。

豆子一邊從淺茶色轉爲茶色，一邊開始縮小。

瓦斯爐火轉小……六〇％（十五分鐘左右）

縮小，出現茶色斑點。

會變怎樣呢？眞的會變咖啡嗎？這種感覺。

豆子停止縮小。

開始膨脹。

瓦斯轉小……五〇至四〇％火力（十八分鐘左右）

茶色和焦茶色斑點。

豆子的「青澀」消失。

豆子開始擁有強度。噢！

瓦斯轉小……四〇至三〇%（二十分鐘左右）

（這前後可能會冒一點煙？如果提前降到三〇%的話，可以減少冒煙……）

眼看著膨脹起來。豆子變咖啡了！開始出現意志。

皺紋慢慢消失。

走進焦茶色的領域。

豆子開始漲滿力量。噢！沒錯，是咖啡。

開始擁有圓滿的形狀了。

瓦斯轉小……二〇%（二十三分鐘左右）

焦茶色變深。

這時再膨脹一些。

豆子顯出了肌肉。

瓦斯轉小……十%（二十五分鐘左右）

個頭還不夠。

再膨脹一點。

（在這前後可能會再冒一次煙？如果提前轉小到一〇%的話，或許就不會冒煙……）

完美成形。

接下來只剩最後的判斷。

焦茶色帶一點黑色調。

像微微冒汗般的光澤。快好了？

肌肉豐滿，黑色調加深……快好了？

像薄薄抹一層油般的光澤。快好了？（三十分鐘左右）

快好了？

快好了？

再烘深一點，

就到這裡了！

熄火、倒入篩子！一切結束。

無法重來，已經結束。

我搖晃篩子，讓煙揮散。銀皮會隨著豆子的膨脹和攪動而脫落，我將銀皮抖落。這些雜質有時會在手搖烘豆機裡和豆子一起滾動，有點麻煩。如果是電動的機器，銀皮在滾動時會分離出來。不過，烘好的豆子過篩後幾乎可以全部去除。篩子孔隙粗細要選適合的才行，然後用扇子搧涼，只要比手的溫度低就夠了。

那麼，我來試喝味道吧。

豆子二十克、開水五十毫升、開水溫度八十度、粗磨（看得見很多約一點五公釐的粉末，也有不少細微粉末）。

豆子採用粗磨，這磨法很重要，但我無法形容實際磨成的樣子，以及咖啡粉會變多細。明明非常重要，我卻無從得知；因爲豆子烘了之後會變堅硬，無法知道會被切割成什麼形狀。即使用刀切也無法切成像生魚片那樣俐落的形體，如果以磨缽搗碎，應該會出現更細的粉末。

現在我用的磨豆機是刻度「9」，一半左右磨粗，一公釐、一點五公釐、二公釐左右的粉末共約佔一半。另一半則比一公釐更細，所以也有不少細粉。我稱這爲粗磨。我以肉眼判斷是否看起來跟平常的粗磨一樣。如果覺得過粗時，就把刻度調細一度，以眼睛觀察並決定粗細。與其靠機器的刻度不如靠自己的眼睛判斷。

重要的是，先把機器拆開來好好清潔。深處有堅硬的彈簧，調動刻度時，彈簧會伸縮。好好清理這項零件並上油，讓它滑順轉動。這動作很重要。因爲機器靠這部分運作，每天多少會有不同的狀況。要以眼睛隨時注意觀察，讓它經常保持近乎相同的運作常態。

優秀的磨豆機磨出來的粉，幾乎不會出現細粉。所以沖出來的咖啡是好的，味道乾淨，一種通透的純淨。

含有細粉時，其實會喝進各式各樣的味道——我不認爲有細粉就會出現雜味，我覺得有雜味是因爲烘豆的下豆點錯亂。磨得極細的咖啡粉確實會產生不順口的味道，但粗磨時也會摻雜細微的粉末，雜味並不是這些細粉造成。反而像是有粗粉和細粉兩種混合，讓味道增添層次。

有人說，同樣的咖啡粉由不同人以同樣的方式沖，味道就會不同。那與其說是人，或許磨豆機更是關鍵。同一個人沖兩次，味道本來就不會一樣，細粉比例不同或開水注入方法也不可能完全一樣。正是思考到這樣的事時，我才以爲，與其說不同，不如說幾乎相同才對。

開水溫度是八十度，偏低，不過深焙的豆子低溫比較好。下豆點和烘焙過程中，我雖然試圖讓苦味平順，但深焙豆本身就帶苦味。苦味對高溫反應敏感，會提早出現。爲了稍微壓低這苦味，我降低溫度，但溫度低時味道很難沖出來，因此要慢慢地、慢慢地像點滴一樣，才能充分萃取。低溫而緩慢萃取，像除去銳角般讓風味溫潤和緩。一點一點慢慢沖泡與否，都會讓味道相當不同。

很多客人說，以同樣的方法沖泡，卻沒辦法沖出同樣的味道。大多是因爲速度還不夠慢。那該沖多慢呢？要和日常動作、日常時間感不同的慢法。我休假時在家裡沖，也會急躁不安，常常無法慢下來。可是一到店裡，卻可以立刻進入慢下來模式。也許是一種習性吧，很自然地進入那世界。開水一滴一滴從壺的細嘴流出，化做滴落的線，滴至粉末接觸的瞬間，產生微小反應等，與我的目光化爲一體，我定住不動，就這樣直到滴完爲止——幾乎處於時間停止的狀態。味道有所不同取決於能否做到這一點。

不過，也不用想得好像一動也不動的樣子，像點滴那樣萃取時，開水會在濾布中與咖啡粉作用。這一點雖然無法提出證明，不過經驗上，我覺得濾布中不像湖水，只要流動不停止，製造出往下流動的狀態，萃取就可能充分作用。萃取到後半段，注水量難免變多；就算多少會滯留，我還是認爲應該特別留意的是前半段。在這裡粗磨粉末的粗細程度會形成不同的問題。細微的粉太多時，水流會不順，太粗時又會流太快。

法蘭絨濾布的好處在於它會「膨脹」。棉布纖維柔軟，會慢慢膨脹起來，而且沒有器具形成的「牆壁」。前半段，希望流速不要太快，粉末整體都能沖到，絨布可與咖啡粉均勻吸水。後半段，開水容易堵住時，絨布孔隙膨脹可以讓水流迅速流過。絨布的膨脹特性好，起毛質地讓裡外都好清洗。絨布的清潔很重要，如果纖維孔隙阻塞的話，會沖得不順暢，這時就必須更換新的濾布。料子厚的爲佳，能讓咖啡萃取液通透。深焙的咖啡，是透明的紅褐色，漂亮的紅褐色。

開水的溫度、注水的流速、粉末的粗細、下豆點的判斷……每個決定必須與「深焙」這件事環環相扣。想喝到什麼味道的咖啡，就要先明確設立理想的味道，再思考如何進行每個步驟。

我的深焙，企圖找到沒那麼苦、只留下少許酸味的下豆點，以烘焙出充分感受美妙甘味的咖啡豆。爲了達到這個我所追求的味道，我得決定什麼時候下豆、怎麼烘焙、磨粉粗細、注水的溫度、萃取時間的快慢等，配合無間。

粗磨、低溫、慢滴，不會讓粉末那麼膨脹。眼看著靜靜地膨脹起來，心安理得。如果注入高溫、大量的熱水，很快就膨脹起來，看起來特別膨、很美味，也沒問題。另一方面，安靜地膨脹也能充分萃取。

注水時與其繞圓，不如一滴一滴分開進行。順序像是往那邊注水時，靠近身側的粉，好像在說，這邊還沒沖喔。移到身側時，對面的粉又說，快來沖這裡。花工夫注水的粉，會確實對你回應，這樣一邊與你對話般進行下去。

豆子二十克、熱水五十毫升，有一點濃，不是有一點，是相當濃。爲什麼試飲要沖得濃一點呢？因爲我想把咖啡豆隱含的風味充分萃取出來，以便確認。

甘味與苦味、甘味與酸味，哪邊多哪邊少，哪邊強哪邊弱？是甘中帶苦嗎？甘中有酸嗎？是否融爲一體？抑或各自表述呢？甘味是濃厚的甘味，或清淡的甘味？苦味是強烈難受的苦，還是平順的苦？酸味是會殘留在舌頭上的酸，或是不會留下的酸？這些要素我都希望能明確掌握。

其次重要的是，希望確立更進一步的風味，味覺是柔軟的還是堅硬的，明亮的還是陰暗的，輕的還是重的。更進一步是滑順的嗎？有光澤嗎？是混濁的嗎？有透明感嗎？是淡的或弱的感覺嗎？這些滋味很難一網打盡，況且有些是矛盾的，而咖啡擁有的這些要素，我都希望能仔細確認。這些要素因爲是在6.80～7.10前後下豆的，所以確認得到，但不沖泡濃一點就無法確認得更細。沖淡的沒意義。爲了找到下次烘豆時修正的方向，舌頭感受到的就成爲修正的依歸。

試飲過關後，咖啡就成了可以好好享用的飲品，想喝濃一點，想喝淡一點，都很隨興自由。當然有時會想，今天既然烘得這麼好，希望能喝濃一點。不過進入喝的階段後，就隨喝的人自由享用。喝得開心是一切，含進口中那一瞬間的美味就是一切。

烘出濃厚甘味時，難免會苦，要緩和這苦味，需要下一點工夫。爲了降低這苦味而烘淺一點時，酸味反而留下，要緩和這酸味又得下工夫。

說到我的工夫，其實就是烘豆子時早早把火轉小。很難說明要在什麼時間轉到多小。例如「爆」這件事，雖然只是小小的動作，我在一爆前，火就轉小。稍微轉小一點，一爆延後，一邊延後爆的時間點，再把火轉小，可以避免先爆。「爆」指的是豆子開始膨脹，一旦「爆」了就表示豆子充分膨脹，豆子風味大致底定，所以我不以爆當暗號。我會一邊觀察膨脹情況一邊把火轉小。看是要在快要一爆前轉小，或膨脹到一半時轉小，既然不能以一爆當暗號，也就是說，得在沒有任何基準下把火轉小。這裡的時間間隔成爲緩和烘焙的手段。豆子膨脹急不得，得在安穩中進行。豆子膨脹前會縮小，因此，爲了讓縮小時沒那麼激烈而把火轉小。

所謂早早把火轉小，就是這個意思。側耳傾聽會聽得見啪吱啪吱的爆炸聲。很細微的聲響，豆子表面也有紋路變化可循。差不多到這個程度，接著二爆。跟一爆一樣，我希望不要爆過頭，火候控制是最重要的關鍵。讓爆安靜地完成，而且沒有爆過頭似乎也能緩和苦味。

要讓酸緩和也同樣只能早早把火轉弱，別無他法。因爲是手搖烘豆機，當然沒有任何輔助配備。即便如此還是要把火轉小，以緩和酸味，可以從豆色變化來決定降低溫度。我想這點相當重要。茶色比例剩多少時轉小？黑色要烘到什麼程度？此外看清楚豆子表面什麼時候會像流汗發出光澤，也很重要。

某日試飲筆記

①哥倫比亞：二十克・五十毫升・八十度

有甘。有苦。酸少量，微酸。約6.95下豆。

甘味少嗎？也有苦味但不重。不會太濃。酸和苦融爲一體而凌駕甘味，因此稍具暗沉感。但酸和苦都不重，算輕。甘也輕，這樣的輕還不錯，有種柔和。輕、無常、薄、靜、良好。後味中甘味較輕。口中會稍微殘留酸苦融合的味道，但很快就消失。

②瓜地馬拉：二十克・五十毫升・八十度

有甘。有酸。酸稍微多一點。苦很少很少。甘也少。苦味相當少。酸味稍微多一點，但不強烈。約6.85下豆。

輕、弱、柔。和①幾乎相同。和①不同的地方在於酸味稍微多一點，苦味少一點。因此②比較明亮，可能因爲酸味輕的關係。①所感覺到的暗沉可能日是因爲苦味稍多。

後味消失，一下就沒有了。沒什麼餘味留下。有種清爽的透明感……稍有一點尾韻，算是乾淨的尾韻。

注：咖啡本身好，但如果沖得較淡（例如二十克、一百毫升）會擔心味道不夠。

關於尾韻

指的是味道消失時所感受到的東西。以咖啡來說，是喝完後留在舌頭和口中的味道，多半是酸味和苦味。甘味當然也有，但大多是酸和苦。我以爲是因爲甘味中大部分是香味的元素，喝完時這樣的味道多半會消失，只剩一點點。當然剛喝完，口中一定留有甘味，也留有酸味和苦味。今天沖的咖啡，酸味和苦味都不算強烈，所以立刻消失；甘味也消失了，因而沒有留下不舒服的味道。不過，喝完咖啡之後，口中仍留下充分的後味。以咖啡來說，這就是尾韻。一直留在口中不消失的東西不是尾韻，後來餘留的味道才是。

③坦尚尼亞：二十克・五十毫升・八十度

有甘味。甘多、甘甜甘甜的。有苦味。苦味徐徐增加，會留在口中，但苦中帶甘。甘中包含大量的苦。由於有苦味，甘味也感覺多很多。口中留下苦味。含有充分甘味的苦味。沒有酸的元素。約在7.10下豆。

味道中也帶有柔和感，但有種柔中帶剛、弱中帶強。調整重點應該是要有輕、有柔，帶出飄浮感。那可以藉消除苦味達到目標。但，我希望這甘味夠強勁不要變輕。兩者都能實現嗎？

④衣索比亞：二十克・五十毫升・八十度

有酸味。甘味少但有。苦味幾乎沒有。約6.80下豆。酸味稍多。甘味較少。苦味幾乎沒有。老實說這樣沒有魅力，甘味、層次不足。雖然有點無趣，不過拿來做配方豆則OK。也需要這種豆子。

我將這四種豆子等比混合。每一款豆子個別擁有不同下豆點的特色，因而採用相同比例。這是我自認美味的配方豆比例。當然是因爲我希望能充分發揮各款豆子的特性，讓豆子的風味更凸顯，但這不過是我認爲的美味而已。我認爲的好喝，也只是自認爲大家會感到美味。不過，這一直被稱爲「你們家的味道」，也被說過各支豆子本來的風味消失了。現在還有機會被這樣說嗎？我想我以前，能以最適當的烘焙方式表現出各種豆子最好的表情。現在還做得到呢？因爲店已經收了。

試飲過這一天的四款豆子，這樣的配方豆，最後應該是酸味稍微強烈一點。④的衣索比亞如果不以一而是零點五的比例或許也很好，不過在6.80~7.10之間下豆時，就算酸味偏高、苦味偏高，也不可能完全相同，所以感覺一比一才是對的。這裡7.00前後的點，是酸度會變零的點，是酸味留下零點一的點，是苦味會出現零點一強度的點，是和甘味的平衡會出現浮沉的點。在這裡，最細微的味道會忽然出現、忽然消失。我在這樣的世界中調製出來的，就是大坊珈琲店的味道。

第四回

爲什麼會開咖啡店？我試著思考這問題，卻不得其解。可能因爲自己有選擇這種工作的某種要件吧。是要件不是天賦。要說天賦的話，或許有成爲小說家的天賦、成爲畫家的天賦、成爲運動選手的天賦……有這些天賦，但應該沒有所謂當咖啡店老闆的天賦吧？這是只要想做，任誰都可以做的生意。經常聽到有人說：「我來開間喫茶店吧。」他們覺得咖啡的味道怎麼樣都行，反倒一心掛念著地點應該在哪裡。我認爲開咖啡店可行，多多少少有著類似的心情。

高中時我曾經胡亂想過，好想當自由接案的記者之類的。但也擔心可能無法糊口，於是想過要開咖啡店賺生活費。只是隨便亂想，根本是白日夢，不過總之，那時候浮現了這樣的幻想。因爲常泡在喫茶店裡，所以很熟。當時學校還禁止學生上喫茶店，不過因爲我想和朋友聊文學，一家又一家接連跑了許多家喫茶店。好像越被禁止的事反而越有魅力。或許這種經驗也算要件之一吧。

我想當自由記者，是因爲受到那時候盛行的小衆媒體吸引。不是大衆媒體，而是小衆一點的地方刊物。當時腦中還浮現，咖啡店或許可以成爲發行小衆媒體刊物的據點的想法，而這種小據點正適合我。

曾經有個小報叫《火炬》，稱小衆媒體都還嫌大；那是秋田縣橫手市，一位叫做武野武治的人獨力發行的週報。他曾在朝日新聞社上班，一九四五年主張報社也應該負起戰爭責任而辭職。之後一個人辦起報紙。我當時訂了《火炬》來讀，很有一回事的報紙。

創作者和讀者的關係，必須一拍即合，兩者的日常能以生活用語交談是很重要的。因為東北地區常被貶為「日本的殖民地」，被視為落後地區。對於相信最黑暗才最接近光明的人來說，那是真正的故鄉。走進鄉下吧。一切從頭做起。從一層層的底層向上穩扎穩打，日本將一步步壯大起來，在那之間，相信自己身為人的層次，也將更上一層樓。我們的內容有（報社和讀者的）觀點與報導。就算是很大的國際事件，也和自己身邊的小事息息相關。我們自己認為的小事，又如何具有時代意義，和整個國家乃至整個世界的問題，互相牽扯與作用。這些事都有必要仔細吟味。

（摘自武野武治《火炬十六年》）

也就是說，大家以自己的感性所思考的常識，或將認爲正確的事付諸行動，就會對世間形成好的影響。基本上單位是個人。每一個人交換彼此的想法，是小衆媒體最重要的事。此外，我也想過，這樣的小衆媒體的優點：訊息的告知和取得、互相交流、開誠布公、從地方所發散出的光……終將傳至全國各地。

我高中時加入戲劇社。戲劇社會在暑假時舉辦巡迴公演，到岩手縣更鄉下的小學表演。那一年我們去了川尻的小學。從岩手縣越過縣界甫進入秋田縣，就是俗稱「火炬」的橫手町，但川尻這座小鎮是在還沒過縣界前的山裡。除了川尻的小學，我們還從那裡去了更深山裡的左草的小學。然而，川尻這裡已經有個「葡萄座」劇團，經營得有聲有色。擁有舞台劇同好支持者，活躍於地方上。

「葡萄座」劇團和「東京演劇團」（簡稱「東演」）合作，聯手完成了東京演出之舉。所謂東演是由八田元夫和下村正夫兩位導演所率領的劇團，劇碼出色精采。尤其是八田元夫執導的《在底層》（一九七〇年左右首演），貫徹寫實主義，對我來說是無與倫比的傑作。同年其他劇團也演過《在底層》，該團的名演員還奪得當年大獎。但只有我一個人認爲不對、不對，東演演得更好，覺得很不甘心。

高爾基（Maxim Gorky）寫的《在底層》是我高中加入戲劇社後，開始熱中閱讀的劇本，讀了好多好多遍。不知道爲什麼，每到冬天，十二月盛岡開始下雪時，我一定會拿出來重讀。來到東京後，各劇團演出的《在底層》，和改編成電影的《在底層》我都看了，全都比不上東演的《在底層》。我是指，對我來說。

「葡萄座」當然也在川尻公演，而且劇團選了扎根當地的演出節目，還有劇團原創的戲碼，全是展現當地特色，凸顯社會意識的作品。這類演出，川尻的人們從大人到小孩應該都司空見慣，眼界大增。一想到我們的公演不知道會被怎麼評價，我就開始冒冷汗。不過，我們依然獲得溫暖的掌聲。我覺得這樣的現象很美好。「葡萄座」的演出，從遠處來看或許只是微小的光亮，但對這個地方和住在這裡的人來說，是多麼美好的光明。對我來說，也深深感覺到那微小光亮的美好。

進高中前，我選了商業高中，當然是因爲家裡沒錢，打算早點工作幫助家裡。我一心想早點自力更生，熱切企盼盡早離開父母和老師的羽翼，獨立自主。那所高中有著學生進入國營企業工作的傳統。爲了維持這傳統，學校希望學生往這方向發展，父母也強烈盼望。總覺得只要進入大企業，就成爲衆多齒輪之一了，所以我堅持無論找什麼工作，都希望是小公司。與其在巨大傘下受保護，不如置身於火星四濺的地方闖一闖。不過，當時這樣的心情還不算強烈。我期盼自力更生，但求職時對於想進入什麼樣的公司仍沒有想清楚，最後還是進了東京的銀行工作。然而在確定被錄取的那一刻，終有一天會辭職的念頭已然萌芽。原來某些事情被決定時，才會第一次看清全貌。過去從未認眞思考過，我不想進入組織體系可能是性格使然：優柔寡斷。意念雖然模糊，卻是一種想法，總有一天會清楚浮現，心中朦朧的輪廓將會清晰。因爲有了「火炬」、「葡萄座」的經驗，輪廓逐漸成形。社會性的事、政治性的事，甚至人類是什麼等原本看不清的事，都逐漸看得清了。那或許與想當記者的心願有關，但我還是不很確定。雖然得爲五斗米折腰，卻也差不多是這個時期，「開咖啡店吧」的幻想萌芽，模模糊糊地……

來到東京，進入銀行上班約四年後，一家新成立的小公司找我過去。我記得當時不太焦慮。我想應該不是毫不苦惱。我不是不知道，辭掉對未來有保障的工作，是個重要的決定，但或許是想在小組織工作的白日夢驅使吧。就算是模糊不清的夢想，畢竟曾在心中萌芽，終究逐漸生根。它落在自己心中，在興趣核心般的地方長出了嫩芽。一旦木已成舟，信念突然堅定了起來，就像事先決定好的那樣，往那邊移過去。離職後即使不安來襲，也已無法回頭。就這樣，我轉行了。

那是很大的轉機，全有賴長畑駿一郎先生。我在新公司工作時，長畑先生提到他計畫將來有一天要開咖啡店。我很驚訝，也坦白自己有相同的夢想，希望長畑先生讓我加入他的創業計畫。我當時毫不猶豫，沒有任何擔保，也不是公司組織，我就跟著接下來要開咖啡店的人走了。對於不屬於任何組織，沒有被保護地獨自走下去，也覺得好像理所當然，就動了起來。思考著模糊而抽象、宛如幻想般的事，其實是我這個人的本質吧。我抱著平常心走進咖啡這一行，於是「大路珈琲店」開張。

長畑先生從籌備階段就讓我參與，但我還是個完全幫不上忙的孩子，他則是清楚知道自己要什麼的大人。咖啡杯要大倉陶園，手搖磨豆機要英國製的Spong，玻璃杯要Baccarat，舉凡桌子、椅子、照明，從門把到衣帽架等，長畑先生以慧眼看上的好東西，開了這間絲毫沒有瑕疵的店。他說：「就算是買衛生紙也不要比價，請思考哪個牌子最好用。這樣時間久了，人家會記得那是一家連衛生紙都很用心準備的店，自然會建立起口碑。」每天都是學習。

店裡有作曲家團伊玖磨的散文集《煙斗的裊裊》全套一字排開，小島政二郎的晃蕩吃美食系列的書也整齊排出，全是成熟的散文集。對我來說，我第一次接觸到，東京文化如此精采的大人世界。我每天都在學習，老實說也很痛苦。自己不過是個鄉下來的土包子，什麼都不懂，落差太大了。不過一點一點逐漸認識這樣的世界，確實是一大樂趣。在歡喜與痛苦的夾縫間掙扎，感覺像剛出生般地成長茁壯，有時候也會有挫敗感。

咖啡的味道也一樣講究。那時候專賣咖啡的店，很多是把虹吸式咖啡壺在櫃檯上一字擺開，讓客人品嘗世界各地的咖啡，後來才慢慢有深焙咖啡。炭燒咖啡也是其中之一。雖然虹吸式咖啡的專門店多半採取淺焙，但後來出現相當多深焙，比較夠味。像「コクテール堂」的深焙咖啡就很美味。此外，吉祥寺的「自家焙煎もか」的咖啡也很好喝。雖然是深焙，卻感覺不太像深焙，結合接近深焙成分的美妙風味。該店離我住的地方近，所以我常去。老闆穿著白色西裝打黑領帶。秤咖啡豆時使用天秤，像藥局秤藥那樣用鑷子夾著砝碼，眞帥氣。我記得店員同樣穿著白色西裝打黑領帶。

那時候，「大路珈琲店」提供的是比一般的深焙咖啡烘得更深的咖啡。比較兩者後，確實烘深一點比較美味。我覺得長畑先生入行多年的味覺確實高人一等。我也是從這時起，定下咖啡的味道基準。我很快就買了一台五百克的手搖烘豆機，在公寓廚房烘起豆子來，我親眼看著顏色變化，烘到相當的顏色後試喝，達到我要的味道。不過是小小的一步，卻忽然進入了截然不同的世界，彷彿有什麼附身的東西掉出身外似的，風味定了下來。烘豆當下一連串的親身體驗是扎扎實實的感受，這支咖啡這裡最好喝了，只要稍微再多一些就過了頭，味道不對。不是每次都成功，所以我得以這夾縫間般細微的味覺感受爲基準，每次烘豆子都是尋找修正點的學習，完全沒有終點的無止盡學習，就是從這時候開始的。

第五回

「大路珈琲店」是和青山這街區非常搭調的店。青山有紀伊國屋、ur's超級市場，也有中央公寓和南青山第一住宅大廈；那裡還有《NOW》雜誌的據點、江島設計事務所；有石津謙介先生和佐藤隆介先生，有向田邦子女士和糸井重里先生；是有著一群新文化發聲者的街區。我是個什麼都不懂的鄉下人，青山對我來說，只是一個看來不同世界的街區。

儘管如此，我仍決定在青山開店。彷彿是一種憧憬，心想如果能成為這區的一員不知該多好。怎麼說呢……我覺得這裡是能以個人之姿存在的地方，給人「可能有很多我行我素的人生活著」的印象。無論工作也好，流行也好，各種新事物匯集於此，儘管獨樹一格，卻不會被人白眼以待。青山是包容力高的街區。既然如此，鄉下人就鄉下人，不成熟就不成熟吧！沒什麼不可以，我這樣子也可以被接受。曾有人在教我如何開咖啡店時提到，要開一家符合當地特色的店，但我懷疑自己的體質辦不到，所謂本性難移，我想我只能依本性去做。或許，在青山我看到的就是一條自由的街。

發生過這樣一件事。剛在青山這大人的街區開店後，當時我很焦慮到底撐不撐得下去。懷著這份不安的我，遇到舟越保武的雕刻作品。有時我會爲了找咖啡杯去百貨公司，碰巧那裡正在辦展覽，便信步走了進去。我從來沒有看雕刻展的經驗，也不知道舟越保武這名字，但在看著的時候，卻完全被吸引住了。那是人物雕像，有全身像，但大多是頭像和胸像。有銅雕，也有石雕。總之很美。也有修女的胸像，是聖女像。可能跟信仰有關係，美得讓我感嘆，人居然能這麼美。而且一看作者介紹，竟然是岩手人。這輩子從沒看過這麼美的作品，居然還出自同鄉岩手人之手。我不禁轉頭，擔心是不是被誰看到這副鄉巴佬的模樣。確定沒有被看到後，我在心中吶喊：是我們岩手人做的！我一直抱持著鄉下人的自卑感是怎麼一回事？原來誰都可以展現美呀！遇到美的事物時，也會感動！那當下我眞的叫了出來。從來沒有想過自己擁有爲藝術作品感動的素養，不過那時候我明白了，人類的精神狀態，是會自然地爲眼前所見的東西感動。那是我的初體驗。

剛開咖啡店時，只想著坦率地表現自己，並不是對自己多有信心，而是除了這樣做別無他法。對我來說，從什麼都不懂的小伙子開始做起，是很重要的事。擔心客人不來有如詛咒降臨一般，或高朋滿座彷彿走了什麼好運……總之，這一切好壞都由我承擔。對我來說，那是我自己想要的，做起來很快樂。因爲還年輕，不可以固步自封。眼前出現的一切，都是上一輩的智慧，是發展成熟的想法，已經在業內行之有年。年輕人必須全盤接受才行。吸收了一切後，慢慢花時間咀嚼，化爲自己的血肉。就算有無論如何都難以接受的東西，也先收進自己的抽屜裡，還是試試看能接受多少。這和自己坦率地開出的店，能被客人接受多少，是同樣的重量，除了這樣做之外沒有別的辦法。這是非武裝者理所當然的姿勢。

曾有人這樣告訴我：「既然做了服務業，就不可以賺錢噢。」試想起來，他說的意思大概是指，賣東西靠人情，得到東西也是人情。更進一步想，好像是說，如果賺錢了，不代表你特別會做生意。到底什麼程度算賺錢？難道勉強溫飽就不算賺錢嗎？從事服務客人的行業，必須面對這樣的說法，而且一直刺在我胸口無法拔掉。

那個人還說：「我實在無法習慣這條街啊。」不過他是個文人，是個在前衛雜誌發表很前衛的文章的人。在我看來，做這工作的人，正與這一區的形象相符。就像我眼中的這街區彷若另一個世界，我想這些即使走在時代尖端的人，還是重視人情的。所以這觀點並不令人意外，不如說是理所當然般在我心中化開了。這就像組織的鎧甲一樣，即使是創意工作者，或是自由撰稿人，內心住的都是同樣的人……這樣一想我就能接受了。越是年輕人越容易明白，越是鄉下人越容易接受，越可以隨之改變。這對我來說很容易接納，也很容易表現出來。或許因爲是咖啡店，才能這樣想。只要把顧客的一切，包括職業、地位等加諸人身上的標籤都拿掉的話，就可以對等思考。喝一杯咖啡，大家都一樣。只要付出一杯咖啡所需的硬幣，這裡就能成爲平等的世界。無論鄉下人、創意家、窮人，一旦拿掉附屬物，剩下的就是品嘗時的味覺而已。大家如果都能重視坦率的感受，就能互相尊重。大坊珈琲店的基本方針，就是堅守這件事。

店裡會有各式各樣的人來。公司老闆會來喝，新進員工也會來喝。有大學教授，也有學生。在他們的組織中，或許各執立場，但在咖啡店裡沒有這些分野。只有顧客和店家的立場，只要店家這一方留意就行了。無論多偉大的人都不用特別接待，這樣的理念或許容易了解，但若立場相反的人沒有等同視之，就不對等了。

例如，店門外有人一邊指著自己，一邊以手比劃，像在問：「可以進來嗎？」他全身上下都沾了油漆，應該是來自附近的工地，休息時間想進來喝杯咖啡的油漆工。我也以手勢比劃「請進！請進！」遇到這種情形，我會請他到櫃檯中央，坐在我面前。因爲我「對等」看待，他笑得更開懷。我慢慢沖著咖啡。這種時候，慢慢花時間沖泡是對的。沖好時，對方也充分得到休息。他會說：「眞好喝。」我想他是眞心的。很棒。施工期間他每天都會來，因爲喜歡喝咖啡。或許不是一般的工地，因爲他全身沾滿油漆，難怪會特別顧慮。但無法好好休息就有點可憐，所以我們必須體貼一些。我想，信念是兩點之間最短的距離。口頭上無法說出「對等」，但只要有這份信念，自然會表現出來。或許這樣做，就能把心意傳達到吧。我也比平常更用心地沖咖啡，因爲他看來相當喜歡咖啡。這樣的日子，如果咖啡的風味讓他覺得不順口的話，就太扼腕了，必須像平常那樣美味才行。

工程結束後，他當然不再來了。不過，隔了幾年，他又來到店裡，可能是附近又有工地了。他在門外比手勢問：「可以進來嗎？」接著走進店裡。我開始沖咖啡。「後來我生了一個女兒喔。」他說：「因為妻子過世，我變成一個人。之前身體搞壞了，還住院、躺在病床上，好像卸下負重似的，變得一身輕。我趟在醫院……」油漆工的小指頭上黑得好像擦了黑色指甲油，或是油漆。門牙掉了一顆，兩個黑點在眼前一閃一閃。慢慢啜著咖啡，說：「好喝，呵呵。」他笑著，我只是聽著。全身沾滿油漆，在門外以手勢比著問「可以進去嗎？」的人，放鬆地喝著我沖的咖啡，令我開心。

這時，傳來櫃檯後方座位客人的聲音：「嗯，還好……稱不上健朗，不過還算可以。」這是名作家古山高麗雄先生，我想他正在和出版社的人談事情吧。古山先生的工作室在青山，常常會來喝咖啡。可能對方在關心他的健康。說到「稱不上健朗……」時，音量稍微大了一點，我不禁抬頭望去，古山先生也往這邊看。這種時候，我仍一本初衷。雖然只有眼神交會，但他的眼神可能在說：「稱不上健朗，不過還是可以喝出咖啡的美味喲。」我想油漆工是在說：「門牙雖然缺了一顆，但還是可以喝出咖啡的美味喲。」我不知道這是否算一視同仁，不過我對大家都是一樣的。我的態度或許不算對等：對大人物或許平淡以待，對滿身油漆的人或許溫和以待——但這才是對等吧。

所謂對等這件事，是指店家和顧客之間必須對等才行。因爲是商業行爲，的確也有難處，容易產生誤解，雖然並不是我開店的主張，卻可能是我覺得最重要的事。所謂對等，不能誤解爲友情感覺的展現。說「歡迎光臨」與說「你好」是不一樣的。歡迎客人光顧本店，當然說「歡迎光臨」；因爲有收費，說「謝謝」也理所當然。店家或許話少，但光是這種打招呼就是對話了，誠心打招呼也是理當如此的事。除了這些之外，我會一邊想著客人上次是什麼時候來的，一邊沖著咖啡。「上次是什麼時候來的？」這個人坐下來時所想起的事，和因爲那個人來了我想起的事，是在打招呼之後要聊的事。我還必須做出美味的咖啡，以配得上支付咖啡所花的金額。不，美味應該稍微高過價格才對，這樣客人才會樂意付出，得到這樣的價值。

我讀作家藤本義一的隨筆時，想到一件事。那是篇描寫去酒吧時的文章，寫到去酒吧時，被問到「好久不見」，或「你好嗎？」有時回答起來相當麻煩。讀到這裡，我忽然想通，對呀，沒錯！打招呼，只要說歡迎光臨就夠了。問「你好嗎？」是多餘的。店家來只有在對常客時才宜這樣問候吧。而且那會令客人不得不回答，或必須做出某種表情，我想應該避免才好。另外，看到不認識的人的眼神，和看到認識的人的眼神，想必不同。雖然「歡迎光臨」是對每個客人說的招呼語，但也要能認出誰的眼神中，分別有著「好久不見」，和「你好嗎？」的表情。點頭確實帶有那樣的意思。人是可以分辨出眼神的生物。酒保只說「歡迎光臨」並點頭示意，客人面無表情地在椅子上坐下，這很常見。不過，可能有人會有不同的看法。

先不要突兀地問「你好嗎？」，先沖咖啡，等過一段時間，手空下來時，再問候也很好。一邊這樣想一邊作業，偏偏手空不下來。打算等他離開前再問候，卻也往往沒辦到，客人就回去了。不過一邊這樣那樣地想著，一邊作業時，只要在說謝謝時真誠地說：「請保重。」就算一句話也沒說上，這種心意在無言之中，或許帶有歉意，卻也能得到理解吧。

我總感覺，有些人去咖啡店確實不想被當成常客。雖然是臆測，不過這種人好像相當多。就算常來，也不想被當成常客看待。寧可不動聲色地坐下、不動聲色地回去。他們有時會與相同的人一起出現，似乎希望不要被多問一句，也不想多說什麼。雖然不至於不想建立人際關係，但這種喜好不難理解。如果有客人找我說話，這倒無妨，但如果把旁人也拉進話題，我雖會接受，但那是爲了不要讓話題越扯越遠。我們沒有特別規定不能聊天，不過希望適可而止。我想避免造成店家被常客霸佔的印象。我希望常來的客人和初次來的客人都能平等地坐在店裡。對常來的客人，我會刻意少說話。或者，只需眼神交流過，就能了解彼此的心情。我會留意初次來的客人是否坐得安心，有沒有什麼需要。這也是對等的要件。

其次，對咖啡知識豐富的人，或似乎是第一次來喝咖啡的人，我也希望他們能同等地坐下來。我希望他們盡量不要談論咖啡，強烈企盼這裡不要成爲咖啡通聚集的店。不，應該說，其實我沒有關於咖啡的學養。

當我發現深焙咖啡的美味，甚至連再烘深一點的咖啡也好喝時，我開始尋思我要的美味。第一次使用手搖烘豆機，我以深焙豆的顏色當樣本，沒想到烘出這烘焙區段裡還算不錯的咖啡。雖然幸運，但我發現並不是每一次都能如預期辦到。從此展開不斷調整再調整的烘豆人生，每天一邊開店一邊持續修正。必須在容許的區段內進行才行。所謂容許的區段是由我喜歡的感覺決定的，只要落在其中即可。至於咖啡產地的研究、歷史的研究、科學成分之類的，我都不感興趣。說來丟臉，到現在如果問我相關的學識，我一竅不通。只管好喝就行！嗯，還是覺得很丟臉。不過，如果問我，深焙的微妙極限在哪裡？淺焙的變因可以容許到什麼程度？烘焙條件的些微變化，對味道的表情會造成什麼樣的改變？因為每天都有細微變化，我會隨之露出一喜一憂的神色。

所謂的味覺，多數人的感受方式都差不多吧，只是味覺的表現方式和喜好因人而異罷了。所謂表現這種事，可能經驗不同，用字不同，喜好方向不同，而有各種差別，但我想味覺基本上大致相同。當然可能呈現在體質上，或許有人對某些味道敏感、對某些味道遲鈍。不過，由於體質差異而產生的決定性不同，是可以互相理解、體諒的，這些不過是類似眼睛不好、重聽、膚色不同的要件。唯有相信味覺是對等的，咖啡店才能對客人完全對等地看待。

高談咖啡的理論總是讓人變得好像很講究、很懂似的，周圍的人聽起來一定覺得刺耳。我想盡量避免這樣的高談闊論。不如留意著有人不喜歡加奶精，但還是得先附上。不是先問要不要放糖和奶精，也不是在要求之後才給，而是一開始就先附上。這算不上對等，而是對不是咖啡通的人的體貼。這樣做不是可以讓整體氣氛一體和暢嗎？

我還被告知了這樣的事：所謂服務業是服務客人的生意，要讓所有客人都感覺自己是特別的，這件事非常重要。或許確實是這樣，但我以爲這非常難，我應該沒辦法做到。既然要服務客人，不就應該想成沒有任何人是特別的嗎？或許才是咖啡店適合的做法。「沒有一個人是特別的」必須貫徹到底才行。因爲本質上，只要有一點特別待遇的話就會瓦解，所以很難。不過對我來說唯有這樣做，才能看得清楚。說白一點，就是不親切、不說話、什麼都不做。這樣的話，重要的是咖啡的味道，是寂靜，是氣氛。如果是這樣，我想我做得到。

一個在附近上班的女性說：「我來這裡是爲了吃咖啡凍。」在櫃檯前坐下。有一段時期，店裡做過咖啡凍，淋上鮮奶油和黑糖漿。還說：「中午在旁邊吃了蕎麥麵，然後來這裡吃咖啡凍，對我來說是最享受的事了。」有一天，她第一次點了綜合咖啡，喝一口皺起臉，但還是笑咪咪地說：「好苦。」哈哈哈，真直接。我也不禁笑了出來，說：「很抱歉，是很苦。」

另外一位女性，朋友在這裡打工，就來到店裡，說：「我不喜歡咖啡，請給我紅茶。」好坦白。下次來的時候還是說：「咖啡我不行，請給我紅茶。」對自己的感覺很誠實的人，讓人相處起來很自在。儘管如此，她依然來了，所以我很高興。人的感覺和喜好各有不同是理所當然的事。能夠坦白表明，我想我也可以對等地尊重。這種時候我好像會特別高興。

年齡的差別，如果能完全對等就好了。當然年輕人對待年長者要懷有敬意，不過喝咖啡的時候，年長者不妨對年輕人也表示敬意。這種時候，就會覺得咖啡這種飲料是自由的這說法是對的。味覺是很個人的東西。咖啡店這個空間，是自由的空間，無論老人或小孩，咖啡老手或初嘗者，常客與否，全憑每一個人感受的味覺展現。不像喝茶要追求某種精神，或像宴席那樣至少要氣派。喝咖啡完全自由。

我希望珍惜這種自由，不過每個時候仍有不同的情況得因應。以店家的立場來說，無論是多麼親的人，都不會用朋友的口氣，會清楚地以敬語招呼。無論對多麼年少的客人，都不會用「君」稱呼。叫店員時，也不用「小」或「君」。全部用先生稱呼。店員叫我大坊先生。因爲如果常客叫店員時，叫成「小什麼」就傷腦筋了。咖啡店的自由，容易讓人隨口叫出親暱的外號。我希望還是要保持某種距離。這種距離感，應該可以維持整體氣氛的平靜。好像有點見外，可能會被說，每天來的客人還這樣見外，何必呢？不過這樣做，我才能一杯一杯仔細泡著咖啡，每一個人等待的時間，和品嘗咖啡的時間，也才能對等，不是嗎？

老人和年輕人並排坐著時，兩人之間多少有些緊張氣氛，但看到喝了咖啡後的兩人都露出「嗯，嗯，就是這個」的表情時，眞開心。這時候重要的是，兩人之間所產生的細微空隙。他們之間似乎有一種稱不上些許緊張感的，像是客氣，像是謹慎，又像是不能碰觸似的空氣。他們內心所擁有的或許是兩個極端，喝的卻是同樣的咖啡。或許可以稱爲同好，喜歡同樣的味道，這就是和鄰座的人之間的張力。

這種氣氛，我想唯有對等才能產生。無論是人生經驗豐富的人，還是剛出社會的年輕人，都因喝咖啡這行爲而對等，才有這樣的空氣。這種時候，咖啡必須好喝才行。就是要美味得讓人覺得「就是這個味道！這個味道！」的程度才行。

來咖啡店的人形形色色，有名人，有附近的人。要先有對等的基本做法，無論何時、誰來，都一視同仁地看待就行了。不需要因爲不同的人而改變態度，這樣做起來才輕鬆，也只有在咖啡店才能這樣做。而且，必須當成自己理所當然的日常，不停地執行下去。

任何時候誰來都一樣看待，是因爲不知道什麼時候誰會來，任何時候誰來都沒關係，所以一樣看待。把這當成再尋常不過的事，而非特別的事，任何事情都看成非常、非常、平常的事，不去做平常不會做的事。生活、運動、開店、插花、烘豆子，每天理所當然如常地做著。或許，也會讓人覺得好像什麼都沒做一樣，因爲幾乎都是默默做的事。就算是對等，或平等，既沒有表明，也不是一種主張，我始終只是默默地做著。所有事都在默默中完成。沉默雖然無法產生什麼，但也有不是非得產生什麼才算實現的事——不會產生常客，不會造就咖啡通，但可以創造出對等。

而且我們不休息，店門總是打開。咖啡店經常在那裡，任誰都可以進來。就像《水之驛站》的水那樣……

第六回

《水之驛站》是「轉形劇場」劇團的默劇。大意是廣場前裝置了自來水，人們會爲了那裡的水停下腳步。有人喝水，有人洗腳。水的周圍，反覆上演著人間百態。演員們都沒有台詞，幾乎沒有表情地演著戲。這樣的水正是人類社會所必要的東西。

「轉形劇場」是由劇作家太田省吾主導的劇團。以默劇《水之驛站》爲首的「驛站」三部曲，在國際上獲得相當高的評價，巡迴全世界二十四個都市演出二百五十多場。（另外還有《地之驛站》和《風之驛站》）。

戲劇的特色據說是即興創作，觀衆看的，是舞台上的演員們的本色演出，演完就結束了，不會再有第二次。令人不禁思考著，眼前舞台上所進行的事到底是什麼——這齣劇有著這樣的特質。但太田省吾卻對展現本色是否可以「演」抱持懷疑。

戲劇可以摒除戲劇性元素嗎?能把故事梗概摒棄、把角色設定的概念拋除嗎?捨棄這些東西,就能眞實地打造當下的時間嗎?

活在現代的我們,不能說時間核心比當下往前錯位了嗎?以感受來說,我們好像被什麼追著似的,時間核心比當下往前半步,不是嗎?把眼睛看得見的東西,擦身而過的東西摘要地概念化,急忙挺身往前快步踏出去。即使讀著雜誌,上面寫了什麼也立刻忘記。或許連記憶這種概念也沒有,意思是連遺忘都失去了吧。我們必須把時間核心拉回現在當下。如此一來,不就能展現人類眞實之姿的美嗎?

《水之驛站》始終以極慢的速度,靜默地演出。舞台中央有一根開關壞掉的水管,水龍頭持續流出細線般的水流,傳出微弱的水聲(避免水量強弱不一讓人出戲)。各種人以不同面貌通過那汲水處,靠近水、碰到水,之後不知去向地消失蹤影。本劇的基本速度，差不多是五分鐘走完兩公尺的程度。

這樣緩慢，慢到彷彿停止般的緩慢。例如，演員看見水時、接近水時、與人擦肩而過時、走過後稍微回頭看時的視線，一直拉長，好像停下來了地那麼慢。然後這時，現實中的人的眞實樣貌才出現。時間核心立在現實之中。沉默不是以形式，而是以舞台上的人活著的時間呼吸著一般。以手掬水的行爲，既不是摘要、也不是概念、而是以現在當下的生命之美表現出來。

我會對轉形劇場這種沒有對白的戲劇感興趣，可能是覺得混沌不明的狀態很有趣，被激發了好奇心。事實上，我也受不了機關槍似的說明式對白。某位巨匠的傳記戲劇上，旁白的角色不停地說明發生了如何令人感動的事，好像要引導人落淚似的，簡直把人當傻瓜。我開始對默劇產生興趣，是自然而然的事。

當我一滴一滴地沖著咖啡時，客人必須默默耐心等候，可能只能出神地等著。因爲滴得實在太慢了，第一次來的客人，搞不好會開始不明所以。開始端詳沖泡者的手，往上偷看他的臉：面無表情，接著眼神再移回一滴一滴的萃取上。這時，客人會比剛才更容易進入一滴一滴的緩慢狀態，呼吸逐漸配合，身體同時慢下來。等久的客人有的開始打瞌睡，一瞬間忽然處於忘我狀態，回到當下這個時間核心。

當他啜了一口咖啡後，心想「果然有點不一樣」，這裡是關鍵。他欣賞咖啡的顏色，再啜一口，眼睛再轉向沖泡者的臉。眼神一交會立刻移開，這時沖咖啡的人想知道：好喝嗎？喝的人則想，被他發現我覺得味道很不同嗎？兩個人又回到沒有表情的臉。咖啡店上演著孤獨者同好的沉默對話。因爲都沉默而有一種「中了」的成就感。也不能說是成就感，這算是個人隱私，不過，我相信那個人還會再來，只是不知道會是什麼時候了。

每天持續開著店，有時會忽然想起一陣子沒見的客人的臉，會開始掛念他過得好嗎。結果他來了。客人也覺得有一陣子沒來，心想差不多可以來喝咖啡了。因爲差不多同時間記起，所以沒什麼好奇怪。一直盼著客人能來，以爲多想一下他就會來，結果當然是越刻意去想就越不會來。無意間想起客人成了習慣，咖啡店果然都在等待。

第七回

那麼，店開門了。早上九點營業，我七點左右已經在烘豆子，等於烘完三、四次了。店內充滿煙霧和烘焙的香氣。朝陽從東側的窗戶斜射進來，映出煙的光影。打開照在牆上的聚光燈時，畫浮現出來。是平野遼的畫〈朝之道〉。因爲煙霧瀰漫，畫就像被朝霞籠罩著，黑色和白色模模糊糊看不清楚。不知爲什麼，總覺得這幅畫適合從春天掛到夏天，每年這時節都會掛上。晴朗的日子和下雨的日子看起來格外不同。畫因爲不同的日子看起來會不同，這也是從平野遼的畫體會到的事。今天要以什麼樣的視角看畫呢？這幅畫在這個季節已經掛了好幾年，算是相識很久，但到現在依然不太清楚畫的是什麼。

平野遼有一幅名爲〈朝〉的畫。那幅畫由久留米市美術館收藏，一張大而氣派的畫。也是猛一看不太明白的畫，與其說是具象畫，不如說是半抽象的畫，不過一直凝視時，模樣會漸漸轉爲具象。感覺像是某個鄉村地方的早晨風景。看得見農家的房舍與圍繞著房舍的森林，沐浴在陽光照射下的朝霧中，一幅很美麗的畫。

〈朝之道〉也是一幅抽象中具象元素不太明顯的畫。一直注視，有時候會浮現道路般的模樣，但一眨眼又消失了。好像有一條往前去的路和一條往左去的路，但還是看不太出來。它和〈朝〉比起來，沒那麼美。雖然以黑和白爲基調，但下雨的日子會稍微發出黃色的光，浮現出和平常不一樣的顏色。那種時候，會「哇」地般展現出不同的美。不過眼光移開再回來時，又消失了。是一幅會產生這種不可思議魅力的畫。這是我喜歡〈朝之道〉的原因。

我們也插花。偶爾是我插，但多半是內人插花。前一天插好的多半還可以用，但會調整成小一點，或換花器，加一點什麼，花一點心思重新插過。重插成小一點時，會插成和前一天不同的樣子，令人開心。有時用花瓶，有時用陶缽，或杯子，咖啡壺，能用的什麼容器都用上。

陶藝家其實有很多有趣的優秀作品，無論大小。有些不是花器的作品也可以用來插花。花點巧思配對花與花器很愉快，不少花道家很擅長這件事，搭配得很高明。不過即使我們不如專家，以自己的方式隨心所欲嘗試，也能驅使出創意的童心與趣味，完成後會轉頭聳肩一笑。因爲看起來很開心，所以我也做做看，不過我笨手笨腳，總是插不好。花器我會先準備好，挑選出適當的來用。我會買下覺得可以用來當花器的容器，收在放唱片的矮櫃裡。不過，插上我選的花時總覺得不好看，怎麼看都不自然，只好請人家重新插過。我只有少數時候會插得比平常好，多半是用了陶藝家金憲鎬的花器時。金先生的花器本來就有一點怪，會產生某種違和感。於是把花隨興插上時，插不好的感覺竟然消失了。花器的怪異和插法的怪異巧妙結合，是負負得正的好法。哇！眞有趣。這時候也會很開心。

有一次花道家栗崎昇先生，帶著魔鬼百合來送我。他就住附近。他精心整理庭園，魔鬼百合開得很大、很美，花莖粗達三公分左右。花朵也大，巨大花苞有六、七朵之多，長得約兩公尺高，放在櫃檯上快頂到天花板。雖然很捨不得，他把花莖剪短，用手大膽地摘掉一些葉子，俐落地幫我插好。他在兩個中間部鼓起的鶴首壺裡，插了兩枝高到天花板的魔鬼百合。這兩壺花立在畫的兩側，異樣氣派，豔冠全店。我每天早晨修剪花莖後換水。花莖越來越短，花朵一朵接一朵綻放直至最後一朵。那一陣子好興奮，它們直到最後仍然生氣蓬勃。

栗崎先生有一次帶了小朵的綬草給我。他從六本木走來青山的路上隨手採的。都會中到處看得到這種小野花。栗崎先生在六本木擁有一家「西之木」花店，是個可以享受花、美酒和美食的文化沙龍。以前向田邦子常去。她常常從那裡走來青山。栗崎先生經常也走路。他會走到上野的博物館。去上野時經過「北山咖啡店」，他還告訴我們對方的情況。他說，總之是一家很奇怪的咖啡店，在客人席間堆著裝咖啡豆的大袋子，簡直像倉庫一樣。他眉飛色舞地說著。後來我去上野的博物館和美術館時，也去了北山咖啡店。店裡明確寫著，不可以在這裡約會聊天，請只來這裡喝咖啡。店內一大片空間被藝術大學教授的雕刻佔據，說古怪還挺古怪，不過心情似乎可以理解。而且介紹別人去後，大家都對那地方的古怪樂在其中，不管怎麼說，都很重視咖啡吧。他們的咖啡非常美味，用陳年豆沖出很濃的咖啡。雖然有點像倉庫，但只要咖啡好喝就行了。開店就是這麼不可思議，有像西之木那樣插著漂亮花的店，也有一半像倉庫一樣的店，只有能樂在其中的人，怎麼開都覺得快樂。

西之木關店時，栗崎先生看起來好寂寞。現在的我非常懂當時栗崎先生的心情。不知道誰會來，但是等著之間，他就來了。那個人來了，他喜歡花。我想他很快樂，因爲他是個懂得樂趣的人，他是擅長享受興趣的人，因此會更感到寂寞。他還告訴我綬草在《萬葉集》中出現過，稱爲「捩摺」。綬草花開時，他看到了就會採來給我。

教我認山桐子果實的也是栗崎先生。深秋時節，長得相當高的山桐子，枝葉下結了鮮紅的房狀果實。先看到果實後再抬頭看樹，想不起來原本是開什麼樣的花，看到樹也認不出是山桐子，只有果實。我在明治神宮、在代代木公園都發現過。拾起一串回來放在白色盤子上，只要隨意放在一邊都好看。這種事，再笨的人也辦得到。

每天早晨，開店同時就有人來。他是在栗崎先生那裡工作的人，早晨九點一定會來。晚五分鐘開店都不行，但那對我來說很開心。理所當然的事就該理所當然做到，最基本的就是守時。這個人常常會帶他們庭園的花給我。河原撫子或風鈴草……各個季節盛開的花，他會採一朵帶來。感謝他的貼心。小小一朵插在後方角落，店裡就會煥然生輝，生氣勃勃。我想是花的生命力吧，正因爲小，更能感受到那份生動鮮活。

我經常會爲這位仁兄沖今天的第一杯咖啡。早晨店內輕微飄著烘豆子的煙味，陽光從窗口射進來，照在開著的這一朵花，唱片播起第一首曲子。爵士鋼琴家凱斯．傑瑞的《科隆音樂會》專輯、吉他大師吉姆．霍爾的《阿蘭輝茲吉他協奏曲》，或有妮娜．西蒙的專輯。什麼歌曲都好，不久咖啡一滴一滴的滴下來。早晨的第一杯如果不愼重地沖泡，開水會亂流一通，因此我得邊聽著音樂邊注水。這樣不知不覺之間，身體會靜下來，回到與平常同樣緩慢的速度。看著開水注完，端出咖啡，環視店內一圈，然後看到了花。

這時候會稍微在意花，或許只有我在意，不是每個人都留意到。假設我今天插了一枝河原撫子，花瓣細密清爽的河原撫子。栗崎家的庭院裡就種這種花，插在名爲信樂旅枕的陶器上。這時候，我就會留意到這和木板牆壁非常搭，但我們不是茶室，以咖啡店的花來說，有點不夠大氣。其實是搭的，氣氛也好，小而美而謙虛，沒什麼可挑剔。我很想在咖啡店裡營造出茶室般的氣氛，不過還是覺得有點不好意思，稍微調整一下或許比較好。茶道的花藝很美，雖然我沒學過，不是很懂，不過花器的獨特，花的端莊，眞的都很美。雖然如此，畢竟是咖啡，客人多半穿著西式服裝，我想都是在用電腦的人，播的是爵士樂，這時候會想用金憲鎬的陶器。金憲鎬的陶器絕對稱不上是日常的東西。旅行用的旅枕或許可以算日常。不過應該也有不是茶室用，適合咖啡店用的花吧？嗯，這不過是我個人感受。金憲鎬的陶器有點奇特和意外的違和感，與其說像茶室之花那樣有點羞澀的違和感，不如說更適合咖啡店的違和感。當然我想也有很多人把金憲鎬的陶器用在茶室，也相信茶道裡有人追求意外性和前衛性。我的咖啡店並不前衛，應該算是古風。雖然如此，如果用金憲鎬的陶器搭配爵士樂，或從窗外傳進來的車聲、街上宣傳車的大音響，似乎可以契合，而且和咖啡的苦味也合。我覺得咖啡在追求自由，也在感覺著自由。這並不是說茶室和茶室之花不自由喔。如果金憲鎬的陶器是一種後現代，再加上未知的美感的話，我覺得和咖啡的自由性質很搭。而且我想把這種自由性、意外性，當成咖啡店的日常，咖啡店的理所當然。因爲每天都沖咖啡，每天都插花，本來就已經成爲日常的事了，沒錯。不過，對來這裡的人來說，對有些人來說，或許會產生少許非日常的一面，或某種意外性。可能是金憲鎬加上花的意外性，或對平野遼的顏色，看法忽然覺得無比美妙——咖啡店這種場所，既不是職場，也不是家庭，或許正因爲是個稍微帶有非日常性的場所，到這裡來的人才能樂在其中吧。

咖啡店是誰都可以去的地方，對我們等待著的人來說，如果不知道誰會來的話，當然就不知道插的花給人的印象是怎樣，擺的畫又會如何作用。每個人對咖啡味道的喜好各有不同，覺得咖啡太苦的人，和覺得這幅畫氣氛太陰沉的人相鄰而坐，可能有人會想早點離開——我相信有人會。咖啡店有隨時離開的自由。

第八回　金憲鎬的陶器

我這小小的咖啡店，並不是現代摩登的店，算是有點老舊吧。咖啡也是慢慢、慢慢沖出來的。因爲太慢了，客人甚至會等到打瞌睡的地步。和日常的速度不同，幾乎是讓人想睡的速度。咖啡店可以說是個「異空間」吧。在老舊的店家一角，一擺上金憲鎬的陶器，異空間的感覺也隨之擴散開來。因爲是平常沒看慣也沒用慣的東西。人們的眼睛會停下來，「那是什麼……」

西脇順三郎在自己的詩論中說，我們要將固定的東西破壞。自然界的結構是由某些元素在一定的關係下結合而成。這就是我們要破壞的。人生處在被賦予的時代和社會中，無數經驗的要素在一定的關係下結合，形成組織完善的世界。這就是我們要破壞的。

我創作詩的方式，說起來就是砍斷固定關係的組織，調換位置，並去除構成關係的元素，藉著加入新的元素帶給經驗世界一大變化。把遠的東西拉近，近的東西推遠。把融合的東西分裂，分裂的東西融合。這麼一來，人生的經驗世界會被破壞，利用這樣的破壞力乃至爆發力推動小水車。這水車轉動的可愛世界，對我來說就是詩的世界。

這是西脇順三郎在他的詩集《Ambarvalia》後記中寫的文字。我覺得很符合我對金憲鎬陶器的感覺，我試著摘錄部分。詩也摘錄部分如下：

（蒙著的寶石）般的早晨

幾個人在門口輕聲細語

⋯⋯
倚靠在陽台扶手
這悲哀的歷史
⋯⋯
蒼白的東西
塞尚的蘋果
蛇腹
永恆的時間
留在被遺棄的樂園
缺角的盤子
⋯⋯
無花果
啃著人類

……

綠籬盡頭
秋陽轉折處
蒼白的野葡萄
微微發亮

詩裡散發著些許寂寞，字裡行間又有種難以言喻的、被挑起般的情緒。

我感到不知是「啊」、「喔」、或火花迸裂的「劈哩」似的感覺。

也有這樣的詩句：

正好二時三分
阿婆咳嗽
咳咳

梵谷

這些句子讀完，與其說：「什麼？」不如脫口說出：「有這種事？」內心立刻又聽到這樣的喃喃低語：「什麼都有啊。」於是心情得以放鬆下來，咻一下，空氣變流通似的，頓時有種開放感。西脇的世界——他的詩或其他一般藝術作品，在判斷它們完美或失敗時，會以其中某種神祕的「孤寂感」，論定其價值。所謂孤寂是種美麗，美麗是種孤寂——我在這樣的西脇世界中，被打開了。由於在那散發著孤寂感的世界得到解放，OK，OK，心情就變輕盈了。

金憲鎬的陶器作品也給人同樣感受，第一次看到時，你會發出「哇！」的驚嘆，或「噢！」引爆「身處的世界被破壞」般對異質性事物排斥時的反應。那是結合了異質性東西創造的作品本身所引爆的震撼，同時也是作品和我之間所碰撞出的火花，「嘰哩嘰哩」的。當下你會嘀咕：「有這種東西呀！」耳邊傳來低語：「什麼都有啊！」於是ＯＫ、ＯＫ、你覺得好像被金憲鎬的世界解放了。

雖然我並沒有眞的看懂，卻又覺得好像明白。一邊感受著具體的異質感，卻又彷彿已全盤接受。那是瞬間的轉變，到底是自己接受了，還是被作品拉去了，有點分不清。像「（被蒙著的寶石）般的早晨」那樣。從此以後，我變得能以開放而輕鬆的心態，像繞了路般，變得能和未知與理性溝通下去。只要在店的角落或柱子的影子下、階梯上或走廊盡頭等地方，一擺上金憲鎬的陶器，無論任何地方，都可以看到小分裂、小破壞、小爆炸所引起的四散火花。雖然金憲鎬的陶器是引爆物本身，看起來卻有點寂寞地稍微保持距離，既沒打算融入其中，也沒有不理人，只是獨自佇在那裡。物體本身擁有著無法變動的矛盾，或不迎合人事物的某種冷淡，或物體與所置身處之間的廉恥感（這是我喜歡的地方）等，物體的存在本身就暗藏著孤獨、寂寞而佇立著。然而，不知不覺間「組織所建立的經驗世界」變了，一陣風咻地吹過，被這帶有寂寞感的世界解放了。店的角落、柱子陰影下、階梯上、走廊間，淡淡地散發硝煙味，詩意的空間只安靜地存在，「小水車可愛地旋轉著」。

比起這位觀者和物體與場所的關係，創作者大多沒想到這些多餘的解釋……

「我忍不住笑出來了。」

對這樣說出感想的婦人說：

「儘管笑吧。」

這樣微笑著回答的樣子，也難怪會落人口實，但如果看起來沒有這樣的信念就完蛋了。或許對他本人來說也是一種未知。而且那樣子的創作其實不少，若要動手做的話，可以不厭其煩地做下去，從作品眞的就可以感覺到他是認眞而忘我地在創作。雖說世上什麼作品都有，但我的就是只有我才做得出來呀——想像得到他自豪的樣子。就像金太郎糖那樣不管切了再切都看得出圖案，金憲鎬的陶器無論從哪一面怎麼看也還是金憲鎬的陶器，沒錯，祕密就在這裡。雖然會有點令人上癮……

旅人哪　請等等
在你把舌頭伸進那
細流泉水之前
請先想一想
人生的旅人
你也只不過是
從岩縫間滲出的
水靈而已
這樣想的水　並不會永遠流淌
在永遠的某個時刻
終將枯竭

松鴉不停地嘎嘎啼叫
不時從那水中
伸出頭上插花的幻影人
追求永恆生命之夢
在潺潺流逝的生命之泉
終將拋棄思念
從萬劫不復的斷崖　墜落
但願別消失的希望　總成空
如此說的幻影河童
從水中現身　到村裡遊玩
在浮雲的倒影中
當水草長長時

（摘自《旅人不歸》）

西脇順三郎的詩很多都意思不明，但我喜歡的原因不外乎就是，讓人理所當然似懂非懂的詩意。他把日常中無關的東西串起來，把本來相連的東西裁斷，從忽然想到的事物，東想西想地跳躍式延伸下去。所以我們讀不懂也對。這可以想成在散步的人腦子裡浮現又消失的思緒，一種大腦散步的紀錄。由此延伸，無論是誰的思考都是無法理解的，就連自己的思考散步，也沒人能懂。任誰都一樣。但每個人的大腦紀錄都不一樣吧，雖然大家都在固定的地方散步。而我就是會想到，正是這種人才會推開咖啡店的門。

《西脇順三郎對談集》中，吉田精一提到西脇的詩。「喜歡詩的人，全都能讀懂嗎？我想並沒有。」他說：「沒錯，的確不了解，也需要說明。這麼說的話，芭蕉的俳句我們也讀不懂。如果沒說明前因後果的話。」並再三強調：「以那個時代來說是美好的作品喔。有『讀不懂』的美。」

在《薊之衣》這本隨筆集中也吐露了這樣的內容：

這是我的想法：詩和藝術本身並不具有文化價值，也完全不能被賦予倫理價值。藝術的目的，單純只是在神經系統引起某種快感而已。（中略）。例如，想從作詩得到藝術性快感時，那樣的快感很難對人描述。我自己傾向從不那麼遵循邏輯的思考方式中體驗。

……

藝術的快感這東西很神祕，是科學和宗教都無法言明，一種人類感受到的關係。藝術象徵著人類生命的神祕性，那好比相似性和相異性所連結成的關係。圓心與圓周同時也有的一種存在關係，連接有的世界和無的世界的關係，又是時間和永恆相連的關係。

……

詩的直接目的是快感。

聽詩人這麼說時，不覺得讀不懂似乎也是一件美好而快樂的事嗎？而《旅人不歸》的序中，有以下描述：

試著剖析自己，發現自己的內在，有理智的世界、情緒的世界、感受的世界、肉體的世界……這些大致可以分為理智的世界和自然的世界兩種。其次自己的內在隱藏著各種人性。首先有近代人和原始人。前者藉由近代的科學、哲學、宗教、文藝表現出來。後者則以原始文化研究、民俗學等表現出來。

然而自己內在還藏著另一個人。這可能屬於生命的神祕、宇宙永恆的神祕的一面，屬於一般理智和情緒無法解決的，難以摒除的人性。

也可以把自己稱為「幻影之人」，或想成永恆的旅人。

這「幻影之人」會在某個瞬間來了又離去。這個人可能是「原始人」，是以前的人奇蹟式地留下的追憶，或許比較接近永恆世界裡人類的回憶。

讀這段文字時，我眞的覺得任何人內心都藏著「幻影之人」。這是我們身爲人類共同的地方。

很抱歉引用不少內容，最後讓我再引一段《我的詩學》對談集：

所謂哀愁大多是指對人生的哀愁，人類的存在本身就是哀愁。而哀愁本質上就是人會死這件事，我想這就是哀愁的根源吧。那該怎麼辦呢？嗯，把酒當歡吧。或者，我想要幽默也是一種安慰。越懂得哀愁，越需要追求幽默。追求幽默也就是追求哀愁，或許相反，不過也不妨這麼說：所謂追求哀愁，我認為是人類的一種教養，就像追求美一樣噢……

塞・湯伯利（Cy Twombly）

富士山的山麓延伸廣闊，山麓遼闊讓富士山顯得格外雄偉，那是一大片樹海。樹海中有一家名叫「Nanorium」的藝廊，夏天八月辦過金憲鎬先生的陶藝展。

爲什麼會在這深山裡開藝廊？到底有誰會來這裡？不過眞是個好地方。周遭幾乎沒有人煙的森林深處，可以遠離現實，一個人純粹地獨處。我相信不少人追求著這樣的地方。常客多得令人吃驚。因爲很多人特地來看展，順便做個小旅行。我自己也是打算享受小旅行而出門的。

我在Nanorium的桌邊，喝的雖然是茶，但周圍的自然森林和金先生的茶碗並不覺得不搭，反而別有趣味。令我想起金先生以前的工作室。工作室像是個貼貼補補傷痕累累般、分裂了又增生的詭異建築物。我在那裡喝了蒲公英咖啡。咖啡杯和咖啡壺是金先生的作品，咖啡和蛋糕也是他店裡做的，一一顯示出奇特的自我主張，但擺在桌上竟不可思議地協調。金先生的各種作品擺在一起時，有一種奇妙的協調感，擺在家裡時，也會產生不可思議的調和關係。我們的確談到這件事。只要把金先生的作品放在家裡，心就會靜下來。我們常常說靜物，那東西本身是安靜的，也增加了放置場所的安靜。那是既非動物也非植物才有的安靜。我感覺到金先生的作品似乎又增添了某種獨特的平靜。

於是我思考著這是不是根本性的東西？所謂根本性指的是感情。雖然和我們平常感覺到的感情是一樣的，但那卻隱藏在深處，只是難以言明是什麼，是一種可以和對方的什麼互相理解的感情連結。那感情可與金先生奇妙的東西互相理解。

我想金先生應該比誰都直率地面對工作，並湧現創作意圖。這自然的直率會往遠處抽離，往奇妙的遠方去，遠到得與自然競爭下去。他在交互作用時全神貫注的直率，我想稱得上是根本性的東西。因專注才有的一種情感的凝結，是誰都無法模仿得來。任何時候都能保持徹底直率，或許是一種特殊的資質。不過，難道不是只要是人，任誰都可能擁有這特質嗎？或許憑一己之力不容易察覺，得靠某個東西將之提引出來，從而引發共鳴。當創作者和觀者相輔而行時，可以感到各自內心的安定。我們藏在深處的情感被挖掘出來時，會產生共通的情懷（這裡可以與西脇順三郎所提的「幻影之人」、「永恆的旅人」替換）。

盛夏炎熱的八月，我做了另一趟小旅行。和富士山之旅相反，這次來到千葉縣佐倉的DIC川村紀念美術館，爲了看塞．湯伯利的畫展。炎熱的盛夏。因爲相當遠，乾脆出門小旅行。前一年，同樣是八月炎熱天氣，金先生邀我去看塞．湯伯利的畫展。這是我第一次看的畫家，當時是在品川的原美術館。金先生說是他喜愛的創作家，我完全沒有心理準備就去看了。那是在店收了之後經過約一年半左右，對一個閒人來說，是再好不過的邀約了。或許因爲我抱著這種打發時間的閒散心情，塞．湯伯利來的正好。

走進入口處的第一會場有點狹窄的展間，相當擁擠。第一次從人群的縫隙間歪著脖子欣賞。我看到不知道是素描，或版畫等畫在單色紙上的作品，是看不太懂的現代美術。看起來好像是只畫了線，或只畫了點的畫。不久人群漸漸散去，最後剩下我一個人。在沒被任何人擋住的視野下，我重新欣賞整體，與其說他畫的是點或線，不如說是留白，幾乎是留白，而那留白的部分極其醒目。可能是因爲沒上顏料的留白佔了大面積吧，感覺很舒服、很放鬆、很愉快。就像是，走進咖啡店喝一杯咖啡休息一下，口中含著咖啡……這樣形容感覺會被你們笑。其實那些作品好像在對我說：「什麼都不用想沒關係……」

我並不是藉由咖啡置入什麼訊息。就像你喝了咖啡感覺放鬆一樣，眼前的畫要我說出的話，跟我經常在內心說的話很類似。它好像這樣對我說，要我把好勝逞強的心拋開，從難懂的現代美術解放出來，彷彿眼前是很親的朋友，在這裡什麼話都不用說。可能是留白多的緣故，也可能是留白與線條的協調，接下來我始終能保持這種輕鬆的心情繞完其他展間一輪。自己的存在不算什麼，無論是什麼樣的存在都無所謂……心情變得自由坦然。會場不少年輕人，形形色色的年輕人，有情侶、有團體，也有一個人來的，每個人看來都很快樂，或許我最年長……不管浮現什麼想法，我都坦然接受。以這種心情賞畫時，感覺也跟著自由起來。有些作品順利直擊心中，有些擦身而過。有些側面示人的作品，試著以正面去看時，有類似爵士樂的即興演奏或拳擊散打般的感受。我竟然也能這樣鑑賞美術作品。

以往的賞畫經驗是，拚命認眞凝視與努力思考後，就已經累了，或感性的開關已經切換，有時會覺得：什麼都不用想沒關係。（緊繃的神經斷了的放鬆暢快是好事）。那種感覺在當天第一個展間就感受到了。雖然不同情況下，作品大多會帶給我們這種感覺，但現在回想起來，我認爲人類的確是藉由根本上的抒懷共鳴，讓心情放鬆愉快。而且在Nanorium山中小店所感受到的，和把金先生的作品擺在自宅所帶來的安靜，和在原美術館的塞·湯伯利的作品所感受到的，深刻的情感共鳴，感覺似乎相通。

我還是想再感受看看。以前想再去川村美術館，但一直猶豫不決，這次幸而有了一股動力。

川村美術館的名景是蓮花池。花季已經過了，一朵花都沒開。我想起以前來的時候，入口插著一朵蓮花。不過，水池寬闊，環境清幽，以悠閒的小旅行來說，和富士的Nanorium一樣，確實另人愉快。

看塞．湯伯利的畫展和在原美術館時的感受一樣。作品不同，心情卻完全相同。我可以坦然地賞畫，甚至是以無拘無束的、開放的輕鬆心情看畫。而且主展場是個大房間，掛著上百幅相片。從前面走來的展間裡看到的素描、繪畫和版畫都能輕鬆觀賞，我原本對攝影作品不太感興趣。但這裡展出的是攝影作品，於是我一張一張仔細看了上百張相片。看完回頭時，大房間正中央一帶，擺著三座雕刻。啊，我心想確實該有雕刻作品，接著走上前去。或許是看累了，雕刻作品對那樣的我說：「嗨！」該怎麼說呢，很親切，我也回答一聲：「嗨！」這雕刻是看起來完全不知道是什麼東西的抽象作品。與其說是抽象雕刻，不如說只是很重的塊狀物，不確定是石頭、水泥還是青銅，青銅還上了漆，但就是看不出來到底是什麼。那就像個老朋友般，帶有經常混在一起的親近感。這或許就是掛在牆上的平面作品，和立地而起的立體作品的不同處吧。掛在牆上的作品有距離感，可能是隔著相框看照片裡的世界觀的緣故，但雕刻會產生置身在同個空間的親近。更進一步甚至覺得這作品和我是一樣的，湧現像是我們是同一國的具體感受。對了，就像金先生的作品一樣。感覺身處同個空間，湧現了可以將它與自己一視同仁的喜悅。而且把金先生的東西擺在自己家中時，還會浮起「安靜」的字眼。

如果根本上的抒懷是大家共通的，我想是因爲這種感受任誰都有。而且人類這種生物，世世代代奇蹟式地擁有根本上的抒懷，雖然每個人各有不同，但這大概是共通的特質。所謂共鳴這件事，正因爲作家直率的情感表現，或許能把觀者一直隱藏在內心深處的同樣的情感不經意地提引出來。就算是和自己完全異質的東西，當那個人坦率地表達出來時，人們便會相信他。還有一點是，身處同個地方才有的親近，想必也是自然而然產生的。只要能在一起就感到安心。

一旦想著，西脇順三郎的詩讀不懂是理所當然時，就輕鬆許多。金憲鎬的詭異陶藝、塞·湯伯利莫名奇妙作品，看不懂也都理所當然。一想到無奇不有、見怪不怪，好像忽然都變成了親密的朋友，覺得在某個地方似乎是心意相通的。就能感覺大家內心深處根源性地產生共鳴。如果大家眞是這樣的話，自己和對方就可以互相尊重。因此我想，人與人最終是了解彼此的。

來喝咖啡的人，一個個即使一句話不說就回去了，因此完全都不了解他們也是理所當然。但最終，我相信總有一天他們能成爲志同道合、彼此了解的同夥、朋友。

第九回　我的平野遼

我第一次知道平野遼這位畫家，始於一位常客借了〈階梯的群像〉這幅畫掛在我店裡。店裡後方的牆上本來沒掛任何畫，那時候甚至也沒有擺上花。客人說：「那邊的牆上要不要掛個畫呢？如果不介意，我可以把一幅畫借給您，好嗎？」我當然樂意。店裡從那時候開始掛畫，自此，沒有一天不掛畫。那位客人有時會拿新的畫幫我換上，不記得是第幾次時，他掛上了平野遼的畫。

〈階梯的群像〉畫著幾個正在下樓梯的女人，樓梯下方有個抱著嬰兒的女人，還有往樓梯深處走去的女人們。看起來在樓梯上的那些女人是年輕的，往後方消失而去的女人們感覺像上了年紀。某種意義上彷彿在描繪女人一生的縮圖。那幅畫讓我感興趣的地方，並不是對焦在人物移動瞬間的姿勢，而是彷彿繼續移動般的流動感，看起來好像在動。自此，我就開始一點一點走訪畫廊看平野遼的畫。

幾年後（一九九〇年）東京中央美術館舉行了大規模的個展。展出相當多舊作，對於知道平野遼還不久的我來說，是理解他繪畫歷程的絕佳機會。而且那裡展出的大量新作品中，特別是抽象的作品讓我大開眼界。那畫彷彿活生生地朝著我來，不知道爲什麼，覺得好像內心被穿似的。那絕對不能對別人訴說的心情，好像被看穿而畫出來了。我算是毫無美術素養的人，何況是難解的抽象作品，更不可能看懂，但那畫中好像在動著，呼吸著，雖然不明白，卻感覺似乎有什麼正要朝我而來。

平野先生當時在展場。我竟然忍不住向他開口說話：「我有一個問題想請教……」但到底想問什麼，到底看見了畫的什麼，腦子裡一片混亂，整理不出想法，也說不出任何一句話。這時候平野先生身體靠過來：「儘管問沒關係，什麼都可以問！」他幾乎叫出來似的說。像被氣勢壓倒般，我回說：「是有想問的事……但等我好好思考過後……下次有機會再問。」就退下了。那一瞬間是與平野遼見面的第一次，也是最後一次。

一九四九　新製作派協會展參展
一九五一　自由美術家協會展參展
一九五七　東京・南畫廊首次個展
一九五八　成爲自由美術家協會會員
一九六一　東京・夢土畫廊個展
一九六四　從自由美術家協會退會
　　　　　成爲主體美術協會的創始會員
一九六五　福岡・Form 畫廊個展

一九六七　北九州市立八幡美術館舉辦平野遼二十年展
一九七五　從主體美術協會退會
一九七七　《平野遼自選畫集》（小學館）出版
一九七八　東京・大阪・名古屋的日動沙龍・日動畫廊個展
一九八三　圖文集《來自熱風的沙漠》（湯川書房）出版
一九八六　平野遼的世界展（池田二十世紀美術館）
一九八七　平野遼的世界展（北九州市立美術館）
一九八八　圖文集《路樹下》（光藝術）出版
一九九〇　平野遼展——宇宙的旋律——（東京中央美術館）
一九九一　平野遼展（下關市立美術館）
一九九二年十一月，平野遼去世，享年六十五歲。在他死後，我想了解他的故事的心情與日俱增。看著平野遼的畫感受到的某種真實，人沉入黑暗深處原本的姿態，看起來就像創作家人性的眞實樣貌。與其說想鑑賞美術，不如說更想接觸平野的存在方式、生活、思想，我開始被這種欲望驅使，而想去造訪他的畫室。

接下來我拜訪了北九州小倉的森建設事務所。森光世先生是從平野遼初期的畫就開始收藏的知音。〈藍色的融雪〉也由他收著。〈藍色的融雪〉算是他早期的代表作。

——請問森先生受到平野的畫的什麼地方吸引呢？

森：那是會把人抓住似的畫吧。

——您是說有暴力性嗎？

森：倒也不是……平野嘴上沒說。不過看他的畫時，感覺好像會被什麼揪住了。

——那對森先生來說是什麼感覺？什麼感覺被揪住？

森：有時候覺得一下子被掐緊了，有時又覺得突然被放掉。可能我們都在三十幾歲、四十幾歲時想過要怎麼生存。畫好像想跟你說什麼。

森先生說的被緊緊揪住的感覺，是否就是我在中央美術館所感覺到的，內心彷彿被揪住了一樣？然後我順路走到在小倉的平野遼的畫室，拜訪他的夫人平野清子。

——聽說他不太說話？

清子：他總是這樣，是個不說話的人。什麼都不說的人，卻想聽別人說什麼。如果什麼都不說他會生氣。

——我以為〈藍色的融雪〉是更大的畫。

清子：我覺得好像更小呢⋯⋯首先那幅畫是在租來的房子裡畫的。我記得很清楚那幅畫的事。雪下得非常大，很快就積起雪來。還有一根根粗粗的雪柱，他把那美麗的雪景畫了下來。

——這幅畫是平野先生受肯定的契機嗎？

清子：因爲那之前他一直在畫小品。被評論成平野只畫小品，這幅畫受肯定對他來說，應該很高興。

——和瀧口修造的相遇也是因爲這幅畫嗎？

清子：是啊。那雖然是在南畫廊展出的，不過因爲當時沒有錢，連顏料都買不起，是用蠟畫的……以前最大也只不過畫到二十號的程度。

這位畫家可能不是一開始就設定好主題，而是隨著畫面塗上顏料後，在增減中逐漸成形。雖然如此，但也不是全憑偶然，或許創作者心中的圖像只能以這種方式呈現。猛一看是緩慢的、間接的手段，然而作者卻不斷地創造出異樣鬼氣的畫風。雖然這是無語的藝術，卻彷彿與某種表意文字的律動結合了。

（摘自《美術手帖》一九五九年八月號，瀧口修造的展評）

平野遼三十二歲的時候。

北九州小倉北區的平野遼畫室裡，清子夫人仍維持著他生前的擺設。踏進畫室的瞬間就被震懾住。房間裡充滿了氣勢。畫到一半的畫布、丟棄的顏料、用舊的調色盤、自畫像……簡直就是戰場。還有非常多的藏書、CD。

清子：這是森光世先生為我們設計的房子，畫室有天窗，本來貼有紙門，但他說：「光線不適合我。」於是拆掉。

——把外部的光線遮掉嗎……？

清子：有時他會讓房間全暗，只有畫布上打著光在畫。

——佛壇上的〈步行者〉令人聯想到瑞士雕刻家賈克梅蒂（Alberto

Giacometti）。

清子：是啊，那作品不能離開這個家。我會擺在那個空間，是因爲那感覺就是平野，有一點低著頭大步走路的樣子……

——首先想請教有關畫室的情況，請告訴我他一天的工作情形。

清子：早晨他會先泡澡。用一點清簡的早餐之後，喝抹茶。然後開始工作。上午畫大件的作品，中午好好休息，三點以前畫小品，三點一定要喝茶。傍晚則畫素描。

——他經常放音樂嗎？

清子：畫畫的時候總是放著CD。貝多芬的弦樂四重奏、馬勒、巴哈的《馬太受難曲》，音樂隨當天的心情而不同。我在他作畫時不太會進畫室，不過從外面聽，大概可以知道今天的心情，是高昂的，是快活的，或進行順利與否。

——他創作時不讓人進去畫室嗎？

清子：其實並沒有嚴格規定不能進去，我會因爲關心他的身體而不經意地走去畫室外面看看，從他的背影判斷。

——他都會放音樂嗎？

清子：是的。畫素描的時候不一定，但畫油畫的時候都會放……

——我可以聽聽看嗎？

清子：請聽。

房間內響起弦樂四重奏，自畫像彷彿忽然動了起來，抽象畫在晃動，平野洪水般的魂魄充滿空間震撼房間。

房間的角落以圖釘釘了小林秀雄的字畫：

終於視力就那樣

成為理論的力量

成為思想的力量
必須達到
這種自覺才行

可能是在視力開始退化時，快速潦草地寫下的。

清子：他常常說只要能畫喜歡的畫，有喜歡的書和音樂，就行了……雖然學歷只有高等小學，但他經常讀很難的書。

有韓波，有波特萊爾（牆上貼著這兩人的肖像）。有杜斯妥也夫斯基，有宗教書、哲學書，還有西脇順三郎。

清子：我知道西脇順三郎是平野喜歡的作家，但我並沒有認眞去讀。

不過因爲他過世前要我把他的詩集帶來，所以我帶到病房……但他終究沒有讀就離開了。在他過世以後，我讀了西脇的書，才多少了解什麼是抽象的世界，爲什麼會吸引人了……

——是什麼樣的感覺呢？

清子：我不太會表達，但好像有一點這樣的感覺。他過世後有一次我一個人走在大樓旁邊，忽然有一側變明亮，一側完全在陰影下，自己正站在那明亮的半邊裡。那時候，我感受到非常孤獨——啊，這就叫做孤獨感哪。可以說是誰都幫不上忙而莫可奈何的寂寞。啊，平野所畫的孤獨就是這個！我想……

——那是在讀過西脇的詩之後發生的吧。

清子：是的。所以，我想可能是這個吧。

——夫人是在回想的過程中想到的嗎？

清子：雖然他經常提到孤獨、孤獨，或一個人獨自如何，但他並沒有親人，或許因爲我有很多親人所以不懂。每次看到他，就覺得他好堅強。我想，其實任何人都可以這樣堅強地活下去。雖然我有很多兄弟姊妹也有很多朋友，但他並沒有從我這裡交到任何親近的朋友，硬是不去認識。全都拒絕，好像把門關上似的……他認爲畫終究是要自己一個人完成，他經常批評一邊跟朋友大聲講話一邊作畫的畫家。我覺得他很堅強，因爲他說話的對象說起來也只有我而已。

「沒這回事，美術大學不算什麼……總之我是在逆境撐過來的。老爸整天喝得醉醺醺，我不知道母親是誰。我三歲時她就死了。十三歲小學畢業該升學的時候，父親也死了。我被姊姊收養。我有三個姊姊，兩個哥哥，我是老么。哥哥一個戰死，另一個從軍回來生病後也死了。也只有一個姊姊活著，但嫁到別人家去。不是一般有雙親、兄弟姊妹一起生活的環境。因為是那樣的家庭，大家都討厭父親，紛紛離家出走，各自飛散。我是老么，必須留下來，嘗盡孤獨寂寞的滋味。每天晚上父親在外面喝酒不回來。我只能畫畫。從小學二年級開始看到《少年俱樂部》，開始模仿插畫家的插畫。小學三年級時第一次畫水墨畫。老爸喝醉酒回來時，我偷了一個五十錢的硬幣，到舊書店去買學畫的書。買了武藤夜舟寫的《水墨畫的畫法》，看著那本書學會四君子和花鳥的畫法。現在想起來非常灰暗的過去，先是從沒玩過小孩玩的遊戲。其次畫到一半的畫因為想全部畫完，第二天就不去學校了。等老爸出門後從裡面反鎖，從早上畫到晚上。」

（摘自《美術之窗》一九八六年十二月號、平野遼與一井建二對談）

——他從小學起就一個人獨處了，對嗎？那時候寂寞但專心畫畫，所以並沒有變壞。他在隨筆中寫過。

清子：是啊。這件事他常常這樣說。學校有遠足或運動會時，到處都看得到「我的家庭和樂融融」的畫面，不是嗎？於是他不去學校。自己關在家裡，他說小小年紀的他竟然還想到萬一學校派人來接他就不妙了，乾脆把門反鎖在裡面畫畫。

——如果說[illegible]候就開始自閉或許不恰當，但或許可以說是他在拒絕習慣一個人獨處。

清子：是啊。

——這方面我想多知道一點……

清子：好的。他父親是工匠，喜歡喝酒。常常不回家，偶爾才回家一趟。颱風期間他經常一個人在家，很害怕。結婚後有次聽說颱風要來了，他還會害怕。現在想起來可能是還擺脫不了小時候的陰影吧。要是我們的話，說是颱風來了因爲兄弟多就開始嬉鬧，心想隔天早上颱風就會走了。但他非常害怕，颱風來的時候，他會說：「我們逃走吧。」

——逃到哪裡？

清子：他會說：「逃到遠遠的地方。」存款只有七千日圓，他居然還交代我：「去把那錢全部提出來。」

——真的逃走了嗎？

清子：有，跑到岡山那邊的人家住了才回來。甚至住進這棟房子以後，遇到颱風來時，他還會說我們逃走吧。我想即使颱風來了，還有這些畫，我必須保護自己的家才行吧。他居然說：「去住飯店吧。」因爲飯店的建築物比較堅固也不會發出聲音。

——他小時候害怕的是什麼呢……？

清子：一旦有害怕的事物，如果沒有人可以依靠，心裡的恐懼只會更嚴重吧。

[illegible]他少年時代會專心畫畫、喜歡畫畫，可能是因爲那是自己一個人就可以做的事[illegible]須忍耐，比方必須忍耐寂寞、孤獨、克服恐懼才行，所以才專心畫畫。因爲那時候的孤獨感實在太強烈地烙印在他心中，即使精神上可以克服，但一直凝視內心的眼光中，可能會讓那些不好的感受再度浮上來

吧。

清子：他似乎一直都有恐懼感……

——那懼怕的心，是不是因爲颱風會讓他聯想到自己可能會喪失性命。那樣的恐懼嗎？

清子：早期評論平野的畫的人，確實會提到他總是在畫自己的悲哀和逆境。後來的評論則會說他慢慢沉穩下來，逐漸成長，眼界也開闊起來，不再只畫自己的悲哀和痛苦，會開始畫別的東西了。

——我覺得他有大動作運筆的大氣，也有細筆描繪的細緻，兩者兼備。看那細筆描繪的動作，會想像他小時候一個人縮起來畫畫的姿態，影像重疊起來。

清子：我想對小孩來說狹小的房間比較安心。因此在這寬大的畫室裡，他非得隔出一間狹小的空間。那習慣還一直深深影響著他。

——例如什麼？

清子：他會拿兩個畫架來，在另一頭擺桌子之類的，總之一定要弄出一個狹小的空間。在那侷促的狹小世界裡思考事情……畫沉重主題時也在狹小的空間畫。無論在任何地方都要騰出一個狹小的空間……讓別人不能隨隨便便闖入。

一九二七　〇歲　生於大分縣，遷居福岡縣八幡市。

一九三〇　三歲　母親美津去世，遷居戶畑市。

一九三三　六歲　戶畑市澤見尋常小學入學。

一九三九　十二歲　戶畑男子高等小學畢業。

一九四〇　十三歲　父親秋太郎去世，收到徵用令在若松造船所當徵用工。

一九四三　十六歲　以徵用工度過宿舍生活，出勤時偶爾離隊回到宿舍，整天畫畫。

一九四四　十七歲　當兵入伍久留米西部五十一部隊，兵種爲野砲通訊兵。

一九四五　十八歲　退伍，住進小倉市魚町的肖像畫塾。

一九四七　二十歲　租在南小倉的公寓，喜歡讀德拉克洛瓦的日記、波特萊爾的詩集。

一九四八　二十一歲　在福岡縣遠賀郡芦屋町的美軍基地內的圖書館負責畫海報。

一九四九　二十二歲　赴東京。參加第十三屆新製作派協會展，以蠟畫〈山谷回音〉參展，初次入選。在九段下美軍軍官俱樂部的諾頓廳從事畫海報的工作。之後回九州。

一九五〇　二十三歲　再度來到東京。輾轉移居朋友家，過著白天畫素描，夜晚在鬧區畫肖像的生活。再度搬回九州，在小倉的美軍福利社從事櫥窗陳列工作。認識在福利社開店的水野古美術店主水野茂的次女水野清子。

一九五一　二十四歲　輾轉於福岡市和九州南部、中津等地。因韓戰而大量畫美軍駐軍的肖像。

一九五二　二十五歲　再度上京。經常受水野清子接濟。

一九五三　二十六歲　第三屆關西自由美術展以作品〈素描〉、〈睡眠之家〉參展，獲土井獎。第十七屆自由美術家協會展以作品〈白屋〉、〈兄弟〉參展。獲優秀作家獎。

一九五四　二十七歲　與水野清子結婚，在小倉租屋定居。夜間以畫似顏繪維持生活。

清子：我父親只是古董店老闆。戰爭結束後，古董店在小倉只有兩、三家而已，百貨公司被美軍接收後，開起只賣給他們國家軍隊的商店，稱爲PX（Post Exchange）。他們來問要不要去那裡開古美術店，於是父親就開了。我在顧店時認識了他。那時候從韓戰回來的美軍流行把女朋友和父母親的相片做成絹印，可以捲起來帶回家。我們店裡也做這個。平野也會畫……另有一些人會畫，但平野畫的經常被退件。因爲畫得太寫實了，色調也……所以經常沒收到錢。

——那時候的平野是什麼感覺？

清子：他幾乎不怎麼說話喔。在PX畫絹畫或似顏繪，剛剛存了一點薪水很快就辭掉了。

——存了一點錢，立刻又到東京去？

清子：沒錯。他雖然不太說話，不過第一次相遇後不久，他就用稿紙寫了一首叫〈羊之反吐〉的詩給我。我讀了很有共鳴。那是美國代管日本的時期。日本人就像羊一樣。平野也被美國出生的第二代日本人東挑剔西挑剔的，實在很厭煩吧，所以深有同感。我與其說是被他的畫，不如說是先被詩感動。

——大家都這樣說，平野先生真的不太說話嗎？

清子：不說話啊，什麼都不說。我問他：「你有在畫畫嗎？」過幾天，他就抱著一大推素描畫稿來。我看完後，他說了一句：「賞畫者很幸福。」被說賞畫者很幸福，我倒覺得畫畫的人很辛苦，彷彿聽見那語氣中的低吟。忽然好感動。

——不怎麼說話的人卻實力驚人啊。

清子：兩個人見面時，因爲沒錢所以經常一直走路。曾經從戶畑走到小倉。

——我懂，我懂。沒錢的時候就一直走路。不過絕對不只是因爲沒錢，而是不擅長說話的人通常愛走路。

清子：大概是這樣吧，所以都在走路，一直走喔。不過，我覺得可以相信他……是因爲當時，他非常窮，但即使我在PX每逢Payday，就是發薪日，碰巧手頭有幾十萬圓的時候，他也從來沒說過：「我們私奔吧。」以常理來說，有幾十萬圓的話，怎麼樣都可以私奔吧。不過他一句話都沒說。

——這種事情他想都沒想過。

清子：或許也還沒到那種關係。不過，後來，不管我父母怎麼反對，我都想跟他結婚。交往四年，一直這樣想。終於到了結婚的時候，他說了一句話：我想繼續畫下去，所以這世上只要有一個人就行了，我只希望能有一個理解我的人。

我想起下雪夜東京車站的水泥地。那時候我在作畫，畫著畫著，不禁想到如果有一天我在東京貧民區的路上倒下死掉，也不足為奇。我打算在淡路町教會的屋簷下度過下雪夜，但被巡警發現了趕出來。可能頭上披著毛巾顯得怪異吧。天空正下著雪。我赤腳穿著木屐，只穿一件黑色短袖襯衫，東倒西歪搖搖晃晃地走到的地方，是水道橋車站的路橋下，堆放著很多好像是被丟棄的桌子，我盡量移到後方，邊顫抖邊熬夜等待天明。「橫屍街頭的覺悟」就此深植我的腦海。

（摘自平野的文章）

——那四年說起來，平野先生就在東京和小倉間來來回回，是嗎？

清子：後來他就回到小倉來了，因爲我在小倉啊。不過還沒有固定住的房子。所以，他會從東京寄信給我，但是經常對郵資粗心大意。明信片也沒貼郵票。我父親雖然極力反對，卻會說：「又寄明信片來了！」從來不會不交給我。如果眞的反對，應該不會讓我看到吧。可是他會臉朝旁邊說：「是這樣的內容呢！」

〈順口說出的自言自語〉

蒼天遠方有月亮
月亮之中有斑點
月亮周圍一片黑
蒼天之下有眾人
眾人之中有小偷
有紅有綠有青衣
輕聲細語活下去啊
總之夜色真美麗
水波閃閃燈明亮
看來像喬治魯奧
黑暗中散著毒素
26・3・20

嶄新畫布、鮮紅自畫像
畫好了 畫得好
這幅送去展
展完送給妳

（摘自平野的明信片）

——妳父母親想到女兒的未來一定很擔心。不過平野先生的人品應該受到他們認可吧？

清子：我父親最後說：「結婚免談。但妳要當粉絲援助他，可以。」父親會用粉絲這個字好奇怪……不過，父親如果看到平野的油畫一定會嚇壞。另外也有人多嘴說：「平野有肺病，只會誤了清子小姐。」平野有時會發高燒。平常大多健康。他在東京的時候，那位川崎先生（平野在東京流浪時的好朋友，詩人川崎覺太郎）寄來一封限時信提及：「平野發高燒，似乎很嚴重，請即刻來東京。」不過我還是沒辦法去。我想不如寄多一點錢過去比較有用。於是寄了。

——他是從那時候就染病了嗎？

清子：有時候會突然發高燒。我經常對平野說：「你沒有基本的體力。」因爲從小就沒有好好地飲食。

「夜晚的似顏繪，到東京車站的八重洲口一整排攤子，那是我第一個賺錢的地方。其次是神田車站周邊。什麼地方我都去過。到新宿去時被流氓圍毆拳打腳踢……我會先喝私釀的劣酒，因為只能喝一杯，放一點胡椒酒氣可以增加三倍。就那樣一鼓作氣走進酒店去畫。撐起了畫架等待也沒生意可做。於是走進店裡擅自畫了起來，再拿給客人看，喜歡的人會說：『哦，不錯啊，來喝一杯吧。』給了我一百日圓鈔票。」

「投入蠟畫完全是偶然。沒有電對嗎？因為我付不起房租。所以我是點著蠟燭畫素描的。水彩顏料和蠟燭混合摩擦時，偶然發現『這很有趣呀』。水彩顏料在紙上還沒完全乾以前，把蠟擦上去，再上水彩顏料，這樣反覆地畫下去。於是紙張凹凸有致，凹處顏色加深，凸起的部分會沾上蠟而定色。把那削下來，可以堆疊出微妙的顏色。」

（摘自平野的話）

這本畫集（小學館自選畫集）收錄的作品，很多是以戰敗後的荒涼風景為背景。整個日本被寒冷的日子和殘酷的飢餓覆蓋。除去這些事情，我無法好好看這些畫。那段時期，我在流浪，連靜下心畫畫的場所都沒有。有時白天把遮雨窗關起來，在黑暗的房間開著燈就畫起來。為什麼那樣做，我現在還不知道原因。

（摘自平野的文章）

「這是個明天會怎麼樣，誰都不知道的困難時代，孩子生了要怎麼養呢？幸虧我沒生孩子。因為我是在辛苦的環境成長的，如果要生養孩子，我希望能在比較寬裕的情況下養育，但沒有那種自信，所以做了不生的打算。現在毫不後悔，反而覺得幸虧。」

（摘自平野的話）

——不生孩子是在結婚後立刻決定的嗎？

清子：立刻決定。因爲我在上班，月薪一萬日圓。結婚時租的四張半榻榻米的房間，房租就要二千五百圓了。其他必須靠七千五百圓生活。考慮到牛奶費和顏料費時，就沒有錢買牛奶的餘裕了，怎麼想都沒辦法……因爲平野自己是窮苦出身，所以不想讓孩子在貧困中成長。

——自從一九七四年，第一次去歐洲旅行以來，他每年還會到歐洲以外的中亞、烏茲別克與首都塔什干、希臘、摩洛哥等地方去旅行。夫人都同行嗎？

清子：是的，每次都一起去。

——我想那旅行讓他有時間從遠處眺望他對社會的憤怒、自己所擁有的孤獨等東西吧……

清子：是啊。所以，雖然可能只有一瞬間，不過那時候的他，某種程度上算是解放了。我有了年紀之後，有時會覺得旅行眞麻煩，不過他一上飛機就會開始寫文章，寫好還會給我看喏。所以我想我還是不去不行。他會忽然說出：「我如果能生在歐洲的小國該多好。」而且去希臘米克諾斯島時，村子被白色牆壁的房子圍繞著，人人溫和優雅，他說很想留在那裡住一年，幫住在那裡的所有人畫肖像，然後辦畫展。

——對自己從出生到成長的環境、從家庭到九州或日本，憤怒的對象隨著成長越來越大，他很想從旅行獲得解放吧。從出國旅行之前和之後，我想應該可以看出畫風的改變。

清子：是啊。

——因爲他不是在畫群像畫嗎？或在素描時也是，畫了很多人物。感覺那眼光非常溫柔。後來的平野先生……

清子：我經常感覺，去到國外時，平野就像獵人在追逐獵物那樣地畫著。人物的角度與色彩都非常不同，而且感覺得到他們的心跳動著。

——那時候，和在這狹小的地方默默畫著，畫風大不相同吧。

清子：是啊。可以說是改變，或被自然解放了。雖然那勉強不來，不過感覺像從被封閉起來的東西解放出來了。到外國旅行的好處就在這裡，但那是從那邊來的改變，還是從這邊來的，並不清楚。我也很期待看到他生動描繪的畫。回到飯店房間，攤開剛才畫的素描，趁著印象還沒淡掉之前立刻快速地塗上顏色。看著他那樣子我很感動，很多方面都被觸動……

——對人、對社會或自然也會產生新的想法吧。

清子：不過我從以前就覺得，雖然他的作品很沉重，但另一方面：

「哦，你有時也會表現這種精緻洗鍊的色彩。」我有時能感覺到他那從黑暗中產生了寶石般的東西。我跟他交往時，好幾次都被周圍的人說：「妳被騙了！」不過我卻認爲被泥巴蓋住的閃亮東西才是眞正的寶石。因爲我一直這樣相信，相信他眞的是有才，而且我想追求那發光的東西，我想親眼見證。他的內在不斷的有這道光，年輕時無法表現，或沒有表現出來的部分，到了國外後，終於能夠展現。

——例如〈藍色的融雪〉我並不覺得陰暗，感覺得到強而有力的東西。本來就有那樣的東西……所以表現的時候不得不這樣吧。

清子：〈藍色的融雪〉他在詩裡寫過，就是他寫的那樣。那天，忽然下一場大雪的時候，感覺是溫暖的。

——一定只是以前心情上沒辦法直接表現溫暖，或溫暖的感覺吧。在外國能夠表現出來，一定高興得不得了。

清子：是啊，是啊。陰暗的畫不太有人懂，但在外國作的畫連年輕女孩都說喜歡。可以說能夠共鳴吧……最近，我一個人獨處，大家會問我：「很寂寞吧」？但我還是一直想著和他在一起的事情，例如人會爲老後儲蓄做準備對嗎？就和那想法一樣，他爲我做了很多類似的事，我非常有感。不是錢，我想，靠著那信念我就能活下去了……

〈藍色的融雪〉

天空降下白雪
雪停後
一片白色寂靜世界
暫時跑過空間
把雜音吸清
奔出雪中的
是童心未泯

天真無邪的
成年大男人們

那白色大地忽然
敞開一個大洞　安靜地向外擴大

等待春天來臨的稻田一角
潺潺清流從細小縫隙流出
生出了原始人
這下從天而降的　不再是雪
是融化夢的黑色陽光

「我的寫生之旅，跳脫日常性，眼光投向異質的空間，一邊走著一邊探尋畫室裡不會出現的語言和思想、色彩和形態。因為身為日本人的我，想透過外國的人物和風景，捕捉全人類內在共通的潛在陰影。」

「在山頂冷空氣壟罩著的那一帶，一整排令人想到撐過數百年風霜的美麗農舍。這些房舍令我感動，美麗而安靜的農村。所謂遙遠的過去也是未來，這是見到瀧口修造時他說過的話。」

「很多老人坐在漆成白色的尤加利樹根旁，像雕像般凝視著一點。老人以這樣深廣的森林為背景，我從哪裡來？要回哪裡去？老人在自然中，似乎捨棄了這些念頭，只專注地凝視著一點，像進入忘我之境那樣。在這樣的老人眼中確實看得見永遠。」

「在土耳其伊茲密爾郊外，看見差點令人流淚的街景。左右對稱地種著的美麗梧桐路樹，不知經過了多少歲月。在這彷佛太古般寂靜延續的土耳其街道上，此刻有兩個牧羊少年坐在地上朝著我微笑，那神情簡直像自古就以不變的姿態在那裡似的。神死了，但在少年的表情中卻還留著眾神的微笑……。我少年時代也穿著骯髒的衣服。這永遠的宗教性，讓人想到眾神剛剛通過這裡……忽然升起的一股寂靜，令我不禁讚嘆真是美極了。」

「摩洛哥，這地方讓我對『痛苦存在這世上是悲哀的』，這種自以為是的想法改觀。他們的表情強烈吸引我的是，在嚴酷的自然中鍛鍊出來的精神和出眾的外貌，顯示出人性莊嚴的樣貌。」

（摘自平野的話）

——在池田二十世紀美術館的展覽之後，他還馬不停蹄地辦了北九州市立美術館、中央美術館、下關市立美術館等大規模展覽。為此他畫了非常多抽象畫。那時候的文章中也一再重複寫道：「只有人類會睡覺，不得不看到黑暗。我把因為凝視黑暗才看得到的東西畫出來。」當時當然是出國旅行前和出國後所畫的，兩個時間點都有。畢竟從小到大還受到影響的習性仍覆蓋著畫面……

清子：那已經一輩子拖著他，想捨棄都無法捨棄。是生命重新來過都無法改變的……

——那件事，恐怕難以用三言兩語簡單說明……

清子：對他而言，例如欣賞中國的畫，那種看似以空間爲主題的畫，好像想捕捉人性深淵，下次想以油畫表現時，也想朝深淵、心的深處去探索。他可以說是賭上生命去格鬥。因此同樣是水墨畫，畫個人時一下就畫出一般人的生活樣態，甚至以充滿愛的眼光去描繪，但畫群像時，黑暗的東西則會強烈地表現出來。畫大幅作品時，他也會想要畫出人類內心的黑暗。不過最後，他不是畫了很多小幅的作品嗎？都很抽象。一整排只有一張他認爲滿意，還裱了框。

——那張畫有展出嗎？

清子：完全沒有，也沒落款……您想看嗎？

——我想看。

我看了遺留下來的未完成作品。幾乎都是小幅作品，有二十件左右尚未成形。但在未完成或在剛開始畫的作品中，已經清楚看得出生物般的氣息動了起來。顯著地展現出來了……

——可能因爲一直聽著夫人說話的關係，一件一件都有著平野先生的靈魂似的。

清子：是啊……這樣看起來感覺像走進了各種房間，而且每一間都有平野遼的感覺喔。

——這是我的想法，他成年以後，遇見夫人而得救了，到外國旅行又獲得解放，然後最後把這些過程畫出來……看到這些畫時，我腦子裡浮現你們倆剛剛相遇，他說出「賞畫者很幸福」那句話的時候……

清子：是嗎？喝杯茶，休息一下吧。

「畫筆一揮把走過的空間切成線，就是那個。有形體就有生命，因為有生命所以有形體。這是不可或缺的問題。更進一步說，有肉體才有生命。將抽象展現得在踏進深奧的空間才看得見的現實，以原始人般的自由面對。那想必是像在凝結而成的原石中，表現閃亮的結晶體般的東西。以滾落在無窮宇宙中的生命般存在著。我在黑暗中定睛注視，漆黑籠罩下，物的形態終於有了呼吸。所謂觀看就是從擁有這樣的雙眼開始，對沒有形體的模糊空間深入凝視吧。」

「我一再主張要以古人的眼光看事物，意思是想以生在這世上第一次畫圖的人的眼睛看事物，因為那正是無法學習也無法教人類似感覺範疇的東西。所以我持續對自己說著『必須畫下去，以維持人類的精神』這樣的獨白。」

「自畫像這工作，就像走在沒有盡頭的白霧之中。看起來有個目標，但一踏入就置身無的世界。藉著凝視自己，彷彿要抓住在遙遠地方生成的生命似的。因此或許永遠不可能完成。」

「我的想法是，人類不能忘記頭上掛著五萬幾千發核子武器的事。過去越戰的時候，空中灑下的除草劑致使叢林枯萎，戰爭結束後，有些人仍受後遺症所苦成了令人戰慄的模樣。異樣物體泡在酒精的玻璃瓶中，沒有腦的東西、狂犬般的腐爛眼睛、雙頭的肉體等……悽慘無比，言語無法形容的恐怖。我持續凝視這些東西，它們維持著像噩夢般貿然出現的形狀，存在於現實中。」

「一旦我把真正想吐露的事、想描繪的事、潛藏在胸中的事……畫成畫之後，死亡總感覺像是等待已久的烏托邦之旅了。啊，並不是誰都能被這樣期待著生下來的。我們從黑暗中來到光明的世界，哭出聲，誰都不知道還會遇到什麼樣的黑暗。接下來往一片漆黑中消失而去；那或許同時和出生一樣來到人世。因為這樣下定決心後，瞬間，多麼狂熱啊……只有那件事是一切。」

（摘自平野的話）

——剛才夫人說過的話當中，有件事我非常有共鳴。平野先生過世的現在，您說這樣過日子非常滿足。不是金錢，而是留下了很多非常重要的東西，因而很充實。平野先生自己在文章還是在對談中提過，把美術學校視爲敵人。他一向非常討厭形式上的事物，例如雖然沒有受過那種教育，但他有賈克梅蒂、杜斯妥也夫斯基、波特萊爾、小林秀雄、西脇順三郎這些「老師」。採訪者問他：「您眞的是從賈克梅蒂等藝術家獲得養分嗎？」平野先生說：「我是在以純粹的形式做著自己的工作之間逐漸發現的。」從完全零的狀態，一邊把自己所看到的東西一個個親手摸索並吸收，一邊塑造出自己這個人——這個過程本身，我覺得就是藝術。相對的所謂教育這東西，往往是塡鴨式的，是被動的，只能形塑出某個東西。我想他所說的基本上是，自己完全從徒手摸索的狀態一一掌握，其中有賈克梅蒂、有杜斯妥也夫斯基，然後也有與女性之間的邂逅……比如說，平野遼和清子女士就是這樣建立起人生。

清子：雖然沒辦法明說，不過我確實這樣感覺。這種說法或許非常失禮，不過我長久以來看著他的畫，覺得他漸漸在成長。他一直追求著他要的東西，我有這種感覺，但也有對他年輕時候的事一知半解的人會說：「啊，平野呀，名氣大了說話也大聲了。」不過對那種人，我們不太來往。沒辦法溝通。因爲目的不同……擔心會引起誤會……

——他是自己一一摸索著前進……一直勇往直前地走過來的人……我是一直都很遲鈍的人，我想會被平野先生吸引，可能是因爲這個特質。

清子：所以，是活生生的人哪。不是教育或之類的東西，是他本人活下去，自然而然像雜草吸收養分逐漸長大那樣地活著。我最近才知道平野沒去上學，不得不塡寫學歷時才第一次知道這件事。他想必不是從這方面進到繪畫圈的。因爲他是以活生生的人之姿而來。因爲他沒有經歷世間一般人的家庭生活，所以有些事我們會覺得奇怪……例如我們覺得這個碗很好的時候，不會問這是誰的作品、什麼時候做的，只會覺得東西本身好，或關心要養幾年才會更質感之類的事。我想人也一樣，所以我開始從他那裡知道了許多以前完全不知道的世界。我以前幾乎沒在聽西洋音樂，倒是他對古典音樂眞的很熟悉。他確實得到了可以成爲養分，以及自己眞正追求的東西。我也因而充實地學到了。

——說起來這種生活方式，是生物最自然的樣子。所謂「以原始人的眼睛看東西」，我想跟這個有關。

清子：例如平野不是很尊敬賈克梅蒂嗎？在塑形上他一直深入研究。平野總算搞懂也體現了那所謂「人類就是一條線」這終極的概念。雖然有時候有人會說「平野在模仿賈克梅蒂」。他反駁不是這樣，那是自己深究的結果，發現人可以用一直線來表達，那是平野自行摸索後到達的境界。不過長久看來，大家都不看人的本身，只以學歷或派系判斷，連繪畫的世界也是這樣。他打算以孤立無援的狀態撐下去。儘管人數很少，仍有深刻理解他的人，他才因而得救。如果一個知音都沒有的話，未免太寂寞了。

——他實際上不是「這幅畫就畫成這樣吧」吧？好像是：我還要畫、我還要畫的狀態。

清子：即使已經打算完成的作品，有時會因爲畫過頭了，反而破壞作品呢。有時候甚至糟到無法發表的地步。因爲他非常容易畫著畫著就不滿意。他只有在把畫交給客人，或公開展覽的時候才會落款，除此之外都算是未完成的作品。即使拿出去展出了，如果不喜歡，也會希望展覽快點結束，他想早一點收回。他似乎就是有想毀掉想重畫的念頭。

——畫了再畫，或許下一張會更好。這是當然的，沒有終點啊。

清子：是啊……

六十五年的生涯中，這還是第一次有生病的感受。

所謂「病」，或許可以說是精神上的、形而上的。生病的漢字是病氣，病字之後跟著了「氣」字，於是說不盡的體衰和痛苦便伴隨而來。

旅途患病，夢中仍四處奔馳於荒野。

芭蕉的詩魂，在這裡十分古雅貼切。

宮本武藏最後也染病，在歷經漫長的流浪生涯後，他隱居於靈巖洞，宛如植物或靜物般從容離去。

現在的我們不知是幸或不幸，在醫學進步的恩惠下，遠離死亡。

生病的我在夢中確實看到了自己的結局。

我急忙投入工作，耐著孤獨以求自我完成的境界。

病已完全驅逐，但我並不認為六十五歲的肉體能復原到彷彿初生。

再給我一年一定足夠。

我不想在草率不明的姿態下消失。
希望在明快地自我實現之後，
無人知曉之下死去。

（摘自平野的日記）

平野清子女士

敬啟，天氣逐漸炎熱，不知別後是否無恙。

日前在北九州市立美術館深蒙照顧。

大師歿後首次舉辦的平野遼展，以及在北九州市立美術館是事隔十年的平野遼展，躬逢盛會，深感榮幸。

對我來說，近年來連續參觀平野遼展，讓人回味無窮。回想起來，這次是第三次關於平野遼的人生閱歷。第一次參觀時，只想在畫室一直待下去。現在還清楚記得剛踏入畫室一步時的情景，整個被彷彿戰場激戰般的氣勢震懾住。牆上掛著只有打底的畫布，平野遼英挺地擋在眼前，我試著越過他的背後窺視畫布，此刻畫家就活生生地站在現場的錯覺，不，並非錯覺而是真實的本人在場。我可以感覺到平野遼的心。

第二次見面是我接下《SWITCH》雜誌的採訪工作。初次的採訪經驗，因為太認真以致心情毫無餘裕。雖然如此，他侃侃而談，告訴我許多趣事，讓我從另個面向的觀點汲取資訊，獲得寶貴經驗。

這次第三次造訪畫室，我維持平常心。我照例沖好帶來的咖啡，供在佛壇。而且第三次看到總是掛在佛壇上的鋼筆畫〈步行者〉。

這幅可以立刻聯想到賈克梅蒂的〈行走的男人〉雕像，我認為可以當成思考平野創作的線頭。眾所周知，賈克梅蒂的創作媒材無論是油畫還是雕塑，都留下許多優越的藝術作品。這幅平野遼的〈步行者〉，和賈克梅蒂的風格類似，卻給人截然不同的感受。並非因為不一樣的繪畫形式，而是一邊思索一邊步行的男人在思考的樣子，彷彿透過筆尖傳過來似的。有種擔心被譽為藝術品的顧慮，看來很私人的作品。像是日記，又像喃喃自語，也像呼吸。這樣難道不能說是與平野遼在繪畫上始終如一的感性嗎？與其從繪畫論評論說，難道不能從文學方面欣賞嗎？從只能靠揮動畫筆生存的少年時代開始即自學，將那無法捨離的感情寄託在筆上而畫的姿勢，並不是在描繪對象，而是以自己的心象為作畫對象實現於作品上，不是嗎？重點不在於觀照畫面的結構，而是在畫面中掙扎、拚命時的運筆即是思索，一邊思考一邊就那樣動著筆，可以聽到心頭活生生的聲音。這種感覺，我想在構思自畫像時，更能明白掌握。

平野從極度困苦的環境展開的人生，或許只能朝極度困苦的方向走去，或許只能拒絕一切墮落與享樂。自然不得不保持沉默，不得不忍受孤獨吧。生來具備的批判精神和上進心，在他不屈不撓的鬥志支撐下，唯有不斷往前再前進，除此之外別無生存之道。我想這與其說是對別人，不如說是壓倒性地對自己的極度要求。那樣的內心表現在自畫像上，或許因此使凝神注視自己的眼光看來格外嚴厲。他想嚴密審視自己的行為，直接棲息在畫上。因為他習慣把想法寄託於畫筆，雖然沉溺在宿命之河中，但並沒有被沖走。他只專注於畫畫，即使喝了湧上來的潮水，也不得不背負起描繪潮流的使命，於是終於想逆著潮流或試著追本溯源。對自己出生境遇的怨恨，對成長時遭逢的戰爭，和對引發戰爭的人的理性、知性的不信任，全都化為動力。在他那絕望和不信任的眼光中所見到的東西，正是他畫裡從黑暗中像生物般蠕動而現身的東西。平野的抽象作品大多數對他自己來說，恐怕也只能說是無法消除的在蠕動的生物。他反覆提到：「以原始人的眼睛看東西。」平野的這個創作姿態，親自示範了人類本來該有的基本生存方式。可以說，他對生命的尊嚴、對活著的執著和無限的愛情，都親自展現出來。

以自畫像為首，到抽象作品，陳列許多作品的北九州私立美術館，最後一間是水墨畫的展間。這是我第一次看他的水墨畫。尤其被摩洛哥六曲一雙的屏風深深感動。那幅畫讓我感受到平野遼的拚命，他拚死拚活終於到達的「心境」，以及對人性溫柔的「眼光」。右幅題為〈摩洛哥群像〉採低視角，從下方往上仰望廣場群眾。人們頭上遠處，是繼續上昇的烈日，以薄墨畫描繪出四射的光線，簡直就像人們的靈魂正往天上飛去一樣……。另一方面，左幅題為〈在廣場〉，採取居高臨下的角度，從高處往下俯視廣場。薄墨平均往畫布整體散開，簡直像從天上往廣場的人們降下「慈愛」……。

「人類是什麼樣的生物。從哪裡來，要往哪裡去？」看起來他是個不斷這樣自問，以達到某種境界的畫家。據說那幅屏風在他心理準備了快十年，直到一九九二年元旦，他才下定決心：「好！我要畫了！」一氣呵成完成。

雖然不知道一九九一年十二月三十一日到翌日元旦他在想什麼，不過從視角的由上往下，和由下往上的決心到成品的結果來想像，上面畫的，我想既是人類賴以維生的光景，同時似乎也是注視著人類生存的「視野」。平野的日記中有一段提到「病已完全驅逐，但我並不認為六十五歲的肉體能復原到彷彿初生。再給我一年一定足夠。我不想在草率不明的姿態下消失。希望在明快地自我實現之後，無人知曉之下死去。」想必他是懷抱這樣的信念，準備把這樣的心境落實，再畫一年啊。

長久追循著平野遼的足跡，思考他一生的我，似乎也被引導來到這裡，站定在那巨大的屏風前，伴隨著某種幸福和踏實……

那麼期待下次再見，敬請保重。

一九九七年七月

第十回　鹽崎貞夫的鎮魂

一九九一年，東京銀座的文藝春秋畫廊舉辦鹽崎貞夫展。那時候我好像碰巧有什麼事到銀座去，回程路上偶然經過畫廊。我被掛在畫廊櫥窗裡的畫吸引，停下了腳步。那一幅大約五十號畫布大小，幾乎是以黑白色調分成上下兩半。上半部是盛開的櫻花，但並不是櫻花色而是白色，下半部看起來是櫻花樹下的地底，塗成一片漆黑的畫面中，躺著一個女人，也畫成白色。幾乎是黑色與白色構成的畫，題目是〈櫻樹下〉。

那一幅畫立刻讓我想起梶井基次郎寫到了「櫻花樹下埋著屍體」的一個段落。寂寞地開著的白色櫻花固然很美，寂寞地躺著的女人也很美。我聯想到屍體，那纖細的身體伸直躺著的姿勢，看來像靜靜安息的樣子。我應該是被這幅畫吸引而踏進展間。這是我第一次看鹽崎貞夫的畫。

鹽崎先生的作品中，除了〈櫻樹下〉是這樣之外，其他還有〈箸之墓〉是以箸墓古墳爲表現主題，或〈生駒周邊〉等畫了奈良的群山和墓道般的道路的作品，或如〈佛塔〉等看起來有靈魂附身的主題爲多。還有像新瀉的山，尤其是將國上山畫成有靈氣的山般，或〈櫻花〉和〈波斯菊〉等花的畫作，在根的下方或花朵中，也都令人感覺到些許靈氣。

我想起另一次經驗。那時候我迷的是大野一雄這位舞蹈家，一九九二年，我在東京半蔵門的FM廳看了《白蓮》公演。那是個暗黑舞蹈，日本獨具特色的舞蹈。當時大野一雄已經八十六歲。他的舞無論怎麼跳，總讓人感到多以生和死爲主題，大野自己跳時尤其有這種感受，他把頭髮染成白色怒髮豎立著跳，分不清是死者的舞或生者的舞。那天有現代樂風的三宅榛名彈了鋼琴，搭配舞台上演奏低音大提琴。他在自由爵士的前衛音樂中，混沌和妖氣的極致搭配來回舞動。

然而，到了最後一章時，在淨空的黑漆漆舞台上，只剩大野一雄靜靜地獨舞起來。照明全部關掉後，聚光燈下，塗白了的手慢慢浮現，就像白木蓮花綻放那樣，他的舞啪地逐漸展開。他穿著黑西裝，白襯衫。在安靜的音樂中，搖擺著般地舞動之間，黑暗中白木蓮綻開了。

「妳在那邊好嗎？」那時沒想到，我內心發出了這樣的聲音。對象是死去的母親。母親早已在十多年前去世，因爲我沒有餘裕建墳墓，不得不寄放在佛寺裡。可能因爲羞愧，覺得母親在那個世界好像被白木蓮圍著似的，於是脫口問道：「妳在那邊好嗎？」

我曾經感覺死者近在眼前，彷彿靠近自己似的。那是在《白蓮》演出的第二年，我去了一九九三年鹽崎貞夫展。

對我來說，那是第二次在文藝春秋畫廊看到鹽崎展。和上次一樣，大多以黑白基調爲主的畫作。〈白花樹的幻想〉這幅畫，也是採取分割畫面：

上段是白色櫻花、中段躺著人、下段是幾個人的臉，這樣的構圖。另外一幅名爲〈夜櫻聚集的人群〉。這幅畫表現著夜晚浮起的櫻花，和怎麼看都像是在參加葬禮的數張人臉。另有一幅畫讓我不得不以面對死亡的心情來看，似乎是站在十號大小的一副油畫前的時候。題目我已經不記得，但好像是〈光景〉之類的名稱。畫面整體畫滿白色，中央只有一張人臉在窺視似的。仔細看那幅畫時，覺得畫裡的那個人好像在喊叫什麼。他嘴巴開著，彷彿可以聽得見叫聲。

我想起一個傢伙「阿部同學」。阿部是和我一起玩英式橄欖球的同伴，當時的一年前生病過世。這群一起玩的同伴那時候組成橄欖球社團，完全於陽春的橄欖球隊，不過就是在多摩川的河岸上幾個聚在一起，互相投擲橢圓形的球玩，那樣的同伴。練完球後還會聚在一起喝一杯才分開，這樣而已，除了橄欖球的事之外，不太談天，只有這樣的關係。他病死的事，我也經過好一陣子才聽說。也在他死後才想到，我們其實沒談過什麼彼此的事。然而，不知道爲什麼，站在鹽崎的畫前，從白色顏料的空隙傳來了聲音。但仔細側耳傾聽時又聽不見了。雖然他好像張大嘴巴喊叫著什麼，卻聽不見是在說什麼。

那時候，有一句話從我身後淸楚地傳進耳裡。

「你什麼都不知道啊。」

被這樣一說。我不由得轉過頭去，發現並不是「阿部同學」說的話，而是鹽崎的畫所發出的話。我吃了一驚環視四周，那句話又從展場四面八方湧來。

「你不知道。」

「你什麼都不知道。」

我感到身體畏縮起來。到底不知道什麼？沒錯，自己或許確實什麼都沒有好好想，不過，到底沒有想什麼？或什麼都沒想卻裝成知道的樣子嗎？簡直像自己站在畫前，暴露了眞相似的。雖然，似乎眞是如此……此後我面對鹽崎的作品時，身後依然有著當時的那種迴響。

對我來說，看畫這件事，好像藉著觀看，看到某些東西湧出或流過自己的內心。作品不同，觀看的時間長短也不同。可能看到我看畫的模樣，鹽崎先生過來打招呼。他說：

「可不可以告訴我您的感想？不用現在馬上也沒關係，寫信也可以，如果能告訴我，眞是感謝。」

於是我把前面寫過的那些寄給他，收到以下回信：

我記得小時候，每天晚上都會被可怕的噩夢嚇醒，很怕夜晚來臨。直到已經可以說進入老年的現在，依然每晚作夢，而且是不愉快的夢。二十歲時第一次在國畫會提出具體展出的畫作，就被松田正平老師評為：「近代的宿疾希望不要再亢進下去」。那年夏天我陪祖母去祖籍地新瀉縣東頸城郡松代的各村拜訪，歷代祖先供養在菩提寺裡的長命寺，我被那禪寺的誦經感動。當時（現在依然）我已經被佛瑞為死者所做的彌撒曲深深感動，所以當下我覺得我聽到了日本優美的鎮魂曲，就此，非常單純地想要寫鎮魂歌。從第二年開始我畫作上的具體構圖已經消失，從此到退會為止我在國畫會都發表抽象畫，長達十九年。三十歲時，我十六歲的宿疾復發，住院了一年。在醫院病床上所想到的事就成為我的抽象謊言，但每逢會期來臨前，我還是會交出一張作品參展。不過十年終究到了極限，我早早準備了一幅空白的畫和退會申請交出去。三年之間完全沒有畫畫，但在文藝春秋畫廊的邀約下，重新開始創作直到今天。我並不是因為被人讚美而開始畫畫的人，而是一直被視為蛇蠍般的畫家長大的。因此我的畫真的是素養不好。首先我不會顧慮美感。對鄙人來說只有持續畫下去這件事，直到我死去為止，所以請原諒而對我合掌之外，也沒有其他辦法。我想繼續揹負各種神佛走下去。

我想所謂「你什麼都不知道啊」的事，就是死這件事，以及鎮魂這件事的意思。「鎮魂」的意思當中，除了「安慰和鎮住死者的靈魂」之外，也有

「活著的人的靈魂出竅，把靈魂叫住，放回身體裡安置下來」（出自《岩波國語辭典》）。我連有這兩種意思都不知道。不，在這語詞的意思之上，我連人的靈魂都沒好好想過。只有和一般人一樣，想到不要忽略了人心而已。也就是我想到還是只有人的心裡這範圍而已。所謂「魂」的意思有點不同，好像是不變的存在似的東西……不，無論這東西是肯定的或否定的，我都不太深究。

來往了幾封信後，鹽崎先生來到我們店裡，他點了摩卡咖啡。我像平常一樣一滴一滴萃取後端上。鹽崎先生喝過之後，站起身大聲說：「我現在明白你想說的意思了。全都明白了。」是萃取的方法嗎？是味道嗎？畫家的直覺眞可怕。而且鹽崎先生自己也烘咖啡豆。他在畫室的庭園裡砌了燒陶的窯，自己做素燒陶器、燒碗。也燒陶罐。我去拜訪時，他還用陶罐烘了深焙咖啡請我喝。很美味。他尤其對摩卡的深度烘焙很講究，常常提到：「我一直忘不了在新潟車站後面一家小店喝過的摩卡咖啡。」他也以古法泡了抹茶請我喝。用自己做的碗，上了白色釉，和白櫻一脈相承似的孤寂的茶碗。也有陶瓦塑像，命名爲〈女人立像〉等，一個清瘦而寂寞地站立著的作品。對於開始從鹽崎先生的作品中思考鎮魂這件事的我來說，無論拿著白色茶碗、或看著素燒陶器，腦子裡都離不開鎮魂這件事。覺得鹽崎先生周圍好像什麼都和鎮魂有關。尤其他在沖泡抹茶的時候，讓我想到不僅是死者的靈魂，連在這裡一起喝茶的人的心，都被鎮住了。所謂「茶」這飲料，就有這種作用。

有時是秋海棠，有時是貴船菊，他總會插上一朵花。他放在畫架上的畫，看來還尚未完成，但已經可以感覺到散發著靈氣。在等著抹茶泡好的時間，無論如何都會想起其他人來。無論是死去的人，還是活著的人，都會想起和那個人過去的事，當下自己想起那個人這件事，也會深深烙印心裡。

和鹽崎先生在一起的這樣的時間，是我第一次參加茶會。雖然不是在茶室，而是在畫室，但對我來說是茶會。喝茶時心會靜下來。所謂鎮魂，讓自己靜下來這件事，我開始感覺好像有了依靠似的。

二〇〇一年，在南青山畫廊所舉辦的鹽崎展中，展出了三件〈波斯菊〉作品。離我的店近也有關係，我每天都去看〈波斯菊〉。那時候我手頭的一本書上刊載著一句短歌。

黃昏風中　萩村的萩花開時　看見我靈魂的道路

——前川佐美雄

一連幾天都在看〈波斯菊〉，腦子裡充滿波斯菊的畫面，就像這首歌中的秋風吹過那樣，秋風穿過我的身體。萩花變成波斯菊，好像清楚可見〈靈魂的道路〉那般，當我自己成爲死者時，可以清楚看見，一團靈魂通過波斯菊原野上而去的畫面。

當「魂」這個詞語出現在書上時，我想都沒想地接受，我去看〈波斯菊〉想到的畫面，也跟魂有關。但實際上，我並不知道其意思。當然，母親活在我心中，很多去到另一個世界的人也活在我心中。現世中的人們也活在我心中。不過我當然不是經常想起，只有在面對鹽崎先生的畫時，我才開始領會日常中的鎮魂這件事。

二〇〇七年，我到東京下井草一家名叫五峯的畫廊去。那裡正舉辦「牧野邦夫歿後二十加一年展」。我店裡入口經常掛著的一幅〈大坊珈琲店的午後〉，畫家就是牧野邦夫。

畫廊一隅橫放著一個很大的皮箱。上面有畫具箱、顏料、調色板和畫筆、畫刀。還有玻璃珠、人偶、畫畫用的各種東西，像祭壇般擺著。這是畫家的陣地。皮箱好像可以把全部東西都收進去，據說只要皮箱拿著就可以搬走。畫展一結束馬上搬走，畫家這種搬家的習性原形畢露。皮箱成了很適合追悼的祭壇。我從素描到油畫一幅一幅看下去，狹小的畫廊逐漸被濃密的氣氛籠罩。自己也像被綁住了似的，我全神貫注，最後被牧野的世界吞噬。穿著黑色洋裝的牧野夫人，更增添了牧野本人就近在身邊的感覺。

畫家眞的活在畫裡。靈魂到底是什麼？畫能讓人充實飽滿，是因爲這是畫家和靈魂對峙的結果嗎？

趁著宴會開始，我離開畫廊。我六點要趕去新宿的 Le Parrain 酒吧。剛開門不久的氣氛還沒放開。我置身在陰暗房間裡，音樂靜靜地響起，是佛瑞的《安魂曲》。我請他們在這一天這個時候放這張唱片。這家酒吧是能讓音樂穿透衣服，進入身體裡的酒吧。

我第一次聽到，第一次這樣聽著佛瑞的《安魂曲》。也是第一次聽到這麼優美的音樂。眞美。這就是所謂的毫無瑕疵嗎？

我曾經這樣幻想過：自己被拋棄到毫無光線的宇宙裡，在毫無重力下飄飄忽忽地浮著什麼都看不見的一片漆黑中，不知從哪裡傳來音樂。那音樂到底是什麼？原來曾經在夢裡實現過，從來沒唱過歌的我，在夢中竟然唱了起來。但在不是夢的現實中，我卻聽到了從黑漆漆的黑暗中傳來的音樂。

我能變成靈魂嗎？

我在這裡設定了思考到的「鎮魂」這主題。我預想的是，如果我自己不能變成靈魂本身，可能就無法思考鎮魂這件事。聽著佛瑞《安魂曲》，感覺最強烈的是：「請活在永遠的安息中」這一句。感覺彷彿是在讚美活著這件事的尊嚴。所謂活在那一邊，或活在這一邊，無論在安息的天上，或置身於苦海，同樣都是尊嚴。因爲我總有一天也會死，因此對鹽崎先生信上所寫的「因爲我也會死」這一句深有同感。雖然或許在死以前還無法變成靈魂，那麼聽著佛瑞的並不是我的靈魂嗎？看到鹽崎先生畫中的靈魂，難道不是我的靈魂嗎？〈櫻花〉、〈波斯菊〉和〈國上山周邊〉，以及畫畫這行爲本身也都含有靈魂，我們正和那靈魂面對面。就算我一定不知道我的靈魂是什麼樣的東西，但只有靈魂才能與靈魂對峙。所謂鎮魂這件事也必須是自己是靈魂才行吧。

「你什麼都不知道啊」的意思，正是指我沒有靈魂。

二〇一四年，咖啡店結束營業後大約經過一個月，鹽崎先生去世了。怎麼會這樣？我們約好要一起喝咖啡和喝茶的啊，怎麼突然走了。前一年春天他曾經住院過一次，很快就出院，我想應該不是什麼重病。那時候咖啡店已經開始準備歇業。秋天他來過店裡一次，和平常一樣喝了摩卡，店裡很擁擠沒辦法閒聊。沒想到竟然成爲最後一次的見面。

自從聽他提起沉溺在佛瑞的《鎮魂曲》以來，我一直從鹽崎先生的作品想到鎮魂這件事。我從這裡學到回憶一個人的重要。然而絕對沒有想到，這麼早就不得不和鹽崎先生告別，深深感覺到一種無法挽回的沉痛，而且還是不得不被說著「你什麼都不知道啊」。

鎭魂（獻給鹽崎貞夫先生）

關於茶碗有這樣的說法：「眞的完成了……」我並不是親耳聽到的，說的人的意思是，已經做順手了。習慣之後，雙手就能在不知不覺間做出符合茶碗風格的作品了。鹽崎先生卻對這件事抱持懷疑。他畫在心中的心象素描，難道不就是稱爲「眞」的這回事嗎？第一次做好時我想應該看得見「眞」。創作者心中一定有「眞」，但「眞」應該是未知的。或許看得見的東西會相信是「眞」，不過應該有一瞬間看見了。習慣那段記憶的手，會追溯那記憶。看見未知的瞬間並不驚奇。我們也看見了，摸到了，像茶碗的風格。但，所謂像茶碗的風格到底是什麼？漫長的時間，追溯歷史和民族的源流，連綿相傳繼續製作著的所謂像茶碗的風格到底是什麼？如果茶碗可以稱爲茶碗，也可以稱爲人類內心的琴弦。

關於畫，有這樣的說法，有人不小心說溜嘴：「沒有可以畫的東西……」這話傳進我耳裡。這傢伙是說沒有足以引起作畫動機的體驗。鹽崎先生畫畫時一定會去現場，不過不太聽說他在那裡速寫。親身感受很重要。主題或許只有一個：就是鎮魂，所以需要有靈魂存在的場所。有各種場所，可能是箸之墓，是生駒山，是二上山；可以是塔，是櫻樹，是波斯菊；是國上山，是角田山；是卑彌呼之死，是女人之死……畫面裡潛藏著存在感濃密靈魂的實感。他想把這眞實的體感，以絲毫不差的精準畫出來。既是佛瑞也是主張。那些他全部親自走到現場，身體親自感受到的東西，他把那些一再重複描繪出來。因此手的動作畫熟了，但我想或許不容許熟練，必須畫出熟練所不容許的精緻細膩。

他或許會對「眞的完成了」經常存疑，因此繼續探尋新的實感。他到外國去找題材，或描繪奇形怪狀的櫻花，可能都是對「完成了」抱持的疑問。那詭異的櫻花，畫了擁有令人毛骨悚然的陰暗樹幹的櫻樹，好像進入異世界入口般令人目眩神迷的櫻花。

以前的畫多半採取把畫面區分上下的畫法。我把那畫法想成是有靈魂存在的世界和可以感覺到靈魂氣息的世界。後來的畫卻逐漸看不到上和下的界線。上下開始融合了。但仔細看時，會覺得畫的前方有靈魂的氣息，畫的上則有靈魂的存在似的。同時我開始強烈意識到畫家的存在方式了。這邊和那邊的界線彷彿是互爲表裡，覺得他畫成不可分離的東西。那與其說是在畫靈魂的場所，不如說看起來就像作者本身融進並存在於那個場所。我只能說，畫家自己化身靈魂，而且在波斯菊裡看見了靈魂的通道。

那詭異之櫻已經變成通往冥界的道路，就在那入口。化爲魂本身這件事，我想就是畫靈魂的畫家的「眞」。而且在〈國上山一帶〉，我覺得作者自己的靈魂，和鎭魂這件事已經渾然化爲一體。難道只有我在〈爽快地飛越蒼冥〉和〈角田山〉看到了冥界嗎？雖然不可能以親身去感受死，但就算不可能，我想繼續追求「眞」的鹽崎先生，是能夠描繪「眞」的靈魂的藝術家。

我想。掛在葬禮房間的一幅小畫〈茶花〉，雖然小，茶花卻畫得好生動。看得出像是正在前往冥界的靈魂活生生的姿態。現在只能爲鹽崎先生祈禱冥福了，但願這祈福能以鎮魂的方式傳達給他。

第十一回

雖然鹽崎先生的畫讓我思考起鎮魂，我卻得為鹽崎先生鎮魂，真諷刺。而且和歇業時間重疊，這到底是什麼樣的因緣巧合呢！不過對我來說，追憶咖啡店就是一種為咖啡店鎮魂的儀式。想起鹽崎先生和其他來喝咖啡的客人時，對難受的我是一種安慰。

我們花時間一杯杯手沖法蘭絨濾布萃取咖啡，這件事有賴顧客支持，但我卻無法對許多顧客充分致謝。現在想起這些客人，我想對他們說說感謝的心情。當然這得面對過去的自己。即使在日常忙碌的生活中，也必須擁有一點忙裡偷閒的空檔，這短暫的空檔就成了喝咖啡的時間。

我在鹽崎先生的畫室喝到的咖啡和抹茶，就是被鎮魂的氣息所包圍著的。在平野遼的畫室時也喝了茶。平野清子女士是長年鑽研茶道的茶人，平野遼在工作空檔所喝的抹茶，似乎是比什麼都好的早課。茶室中有一片露天空間，從那裡或從畫室都可以進入茶室。茶室略爲陰暗，插著供花般的鮮花，掛著平野遼的畫。這是靈魂能獲得安頓的房間。平野清子女士的茶是莊嚴的。

我曾想過咖啡店裡或許要有一間像茶室那樣的空間，也想過咖啡店要有露天空間。但又想到，實際上從大馬路直接走上階梯進入店裡，這樣的便利性也適合我。雖然也動過念要忍受街道上的混雜喧嚷，或是開一間對什麼事都能敏捷反應的店，比如是去郵局回程順道經過的店家，感覺輕鬆愜意。我不希望我的店有特別的主客關係。開咖啡店的人的樂趣，不正是不知道誰會來嗎？並不是上帝安排好的命定論點。而且等咖啡沖好前，會有段空檔，這樣正好。有所謂追思茶會，如果你從那裡離開，回程經過咖啡店，再獨自一人做追思祈福也可以。

一位年長的女性，獨自坐在櫃檯。她靜靜地喝著咖啡，過一會兒她說：「我過世的兒子桌上有這裡的火柴，我不知道是什麼樣的地方，所以來了這裡。」她拿出相片給我看，我立刻知道「啊，是那個人」。不過當她問到：「我兒子是什麼樣的人呢？」我也只能回答說：「他每次都一個人來，只是默默地坐著，也沒看書。」不過他是從念音樂學校的時候就來店裡了，畢業後，我印象中也在音樂的領域活躍。他經年累月來店裡，我們應該很熟的，然而卻沒怎麼說過話。因此他的母親獨自坐在櫃檯喝著咖啡的事，讓我清楚想起她兒子坐在這裡時的情景。

開咖啡店，有些客人長年光顧，但幾乎什麼話都沒說。這種情況相當多，在咖啡店並不稀奇，正因爲是咖啡店才發生。

以K先生來說，他住院了好一段日子，有時出院回到工作崗位，但不久又再住院的樣子。雖然如此，出院期間，或得到外出許可時，會和朋友來享用一杯咖啡。聽說K先生罹患的是難治的病。有一天，我想是因爲治療的關係吧，頭髮全剃光了。從此以後，他來的時候都戴著一頂毛線帽。這樣過一陣子之後，就不再出現了。

然後，K的那位友人就開始一個人來了。總是在十一日，（我猜是）每個月的忌日那一天，他一個人靜靜地喝咖啡。那頂帽子摺得小小的放在旁邊，就像平常相約一起在這裡時那樣。

不過我們不能隨便介入。每位客人都過著各自的生活，因此我們更只要默默地沖泡咖啡就好。這種情況下店家尤其應該保持沉默。也希望周圍的客人能安靜，不要互相干擾。需要這樣安靜的場合或許並不太多，但如果沒有從平常就留意的話，就很難維護希望獨處的客人不想被打擾的需求了。

對於防止橫向聯繫這件事，可能不少人反對，因爲那是自然而然發生的，所以沒辦法控制，也無法大力主張。不過，咖啡店最大的好處，或許可以說是想獨處就獨處吧。並不是在沒有人的地方只有自己獨處，而是有其他客人，也有店員的情況獨處。有很多人卻可以不跟任何人說話的地方，或許比沒有任何人的地方更自在安穩，尤其更能享受沉默的寧靜。

是啊，其實很多人是享受獨處的。總之，在那邊的櫃檯前坐下，喝著那苦苦的咖啡，這樣就足夠了，然後離開。很多人這樣就滿足，並沒有特別想跟誰說話，也沒有要做任何事，只想喝每次喝的那一杯咖啡。我想很多人覺得這樣很好，就是這些人救了我們咖啡店。我完全沒有否定熟客，或是喜歡聊天的客人。也不否定與茶道的規矩。只是想說，咖啡店可以容許不同的享受方式。

我還想說的是，覺得默默坐著、默默離開就很足夠的人，並不是不關心外界。就和味道一樣，坐在那裡的人們對那裡的氣氛或當下並不是不關心。我希望大家不要覺得周圍的氣氛是由不關心的沉默所形成的。如果只專注在個人電腦或手機，對場所不關心時，那氣氛便死氣沉沉，和旁人之間的氣氛就不活絡了。我希望和相鄰的人之間的氣氛順暢。即使沒有發生關係，其實還是有關係。在那氣氛中保持沉默正是咖啡店的樂趣。

已經是很久以前的事了。爵士鋼琴師、也是作曲家的中村八大先生，有一段期間經常來店裡。據說在我們店隔壁兩、三家，有間牙醫診所，他的老朋友是那裡的牙醫，他會去那裡看牙齒。聽說這牙醫是名醫，有好幾位客人來看診時，也會順道來這裡享受一段咖啡時光。而且大家好像有點期待來看牙醫。老實說我後來也去讓那位牙醫看診。那時候牙醫已經來這裡喝咖啡了，但我一直都不知道。我是在別的地方遇到牙醫的，那裡的人是我們店的常客，我趕快打招呼時，他說：「我常常去你們店，只是今天才第一次說話。」這是我們第一次打招呼。

牙醫會在傍晚來，一個人獨自坐在櫃檯，點了小杯摩卡濃縮咖啡和一口杯威士忌，一邊欣賞爵士樂一邊交替喝完後就回去了。這裡很適合獨自一人這樣喝法的人。因爲沉默不語的氣氛讓人不好接近，我很自然地也就不開口，留意不去破壞氣氛。雖然很常看到他，但打招呼那天彼此才第一次開口。

那天說了什麼已經不記得了，只記得「今天是第一次說話」這一句，也很清楚記得另外一句：「您不懂爵士樂吧。」我被這麼一說，反而鎮定地回答：「是啊，我不懂。」眞的不特別熟。所以從懂爵士樂的人看來，一看就知道是不懂的人，這是很自然的事，我心裡有數。一方面他是八大先生的朋友，而且醫師喝咖啡與喝威士忌的方式，有種可靠、也令人憧憬的感覺。

發生那件事更早以前，中村八大先生曾經對我說：「我去過美國很多次，心想已經離爵士樂近了不少，但一這樣想後立刻又覺得自己很遠……」類似這樣的話。感覺是不經意地說的，我爲了牢記這句話，一直在心中反芻他話裡的意思。而且很久之後，八大先生過世後，提到牙醫時我還會想起來。

客人教會我的事，多得數不清。

我會想起店裡喝咖啡的客人們，也想起當時的許多事。

有一次店裡一下子來了八個年輕女孩子。每個都穿著類似的衣服。黑色外套，白色襯衫，不確定是新生或實習生，可能是休息時間吧。店後方有兩張四人坐的桌子，幸虧兩桌都空著，於是她們什麼也沒說就像是自己的椅子已經事先安排好的，直接坐下。我聽了每個人各自點的，印象中全都點三號咖啡。不過人數多，所以沖咖啡也花時間。照例慢慢一滴一滴沖著時，聽到有交談聲。並不是一個人說，其他的人聽的那種交談方式，而是幾個人同時說話。不知道在說什麼，只聽到數個聲音傳進耳裡來。慢慢湧起喀拉喀拉轉動似的音浪。那不算吵鬧的感覺，而是混雜的感覺。年輕女孩子特有的吱喳喳聲（眞不好意思），或喋喋不休聲（眞不好意思），是一連串悅耳的聲音。不久音浪逐漸退去，忽然安靜下來。可能各自的話題相繼說完了。於是忽然鋼琴聲「咚」一聲傳來。啊，比爾．伊文斯（Bill Evans），我想起我才放了他的唱片。這種時候的一個樂音，非常美。前後的音或許傳進耳裡了，不過以感覺來說，這個音的聲響好像跳出來似的。然後女孩們的聲音又立刻稍微提高了一些。雖然有八個人，但這時候並不嘈雜，聲音靜下來時，比爾・伊文斯就會露出臉來似的，小鳥們安靜的啼聲與琴聲一邊相讓一邊和鳴，彷彿一波波海浪反覆起伏進退似的。

協奏曲也可以和外面的聲音同時進行。每當門外表參道的十字路口變紅燈時，車子停下。聲音靜下來。這時候聽得見爵士樂。我以差不多的音量播放，夏天聽得見蟬叫聲，冬天聽得見烤番薯的叫賣聲。靜靜地萃取著咖啡時，我喜歡聽外面傳來的聲音。或許不知不覺間，也屏息靜靜聽起來。回神一下，又留意到了爵士樂。我想可能是長久以來的習慣，覺得萃取濾滴的動作和爵士的節奏已經變得切割不開。

石津謙介先生說過，以前對咖啡沒什麼興趣，也沒什麼特別偏好。不過自從在這裡喝過之後，開始產生興趣，聽說自己也漸漸地試著萃取咖啡。

有一天，他好像坐在靠入口的櫃檯座位，我開始萃取時，他從椅子上站起來伸直了背，看著我將水注入咖啡粉中。但太遠了看不太清楚，因此往這邊走近。然而走到中間有柱子的地方時，就不再靠近了。身體好像躲在柱子後面似的，伸直背看著我沖咖啡。他的脖子盡其所能地伸長看著，但依然只是躲在柱子後面，姿勢沒改變。好像一邊坦承「我正在用眼睛偷看」的罪狀，一邊又像在說「不會再更靠近了，所以請原諒」似的。一邊表示敬意，一邊暗中請求默許。好像小孩又好像大人的舉動，實在很可愛。眞是有趣的回憶。

咖啡店的工時很長也有關係，爲了練好體力，我有一段時間不再喝酒應酬。我說：「這樣一來朋友也沒了，擔心老了以後會很寂寞。」年齡比我大的客人就說：「人本來就是寂寞的，只是回到原來的樣子而已，寂寞也可以是快樂的啊。」我聽了忽然輕鬆下來。有這樣的人在，年齡增長的樂趣也湧上來了。回想自從開店後能持續這麼長久，是因爲有顧客長久以來的支持，年紀也一起增長。爲了能繼續做這種站著的工作，鍛鍊身體就是希望能一直在櫃檯裡站著做下去。到了晚年，人無論如何都會想到死亡，總不可能不去想逐漸接近的死亡吧。

心中響起這樣的對話時，連寂寞都生出了滋味。而且我一直在寫，咖啡這種飲料是自由的。來到這裡，即使和各種人相鄰坐著，沉默固然自由，要立刻回家也自由。而且咖啡的滋味不能不苦，也不能不甘。忍不住會想，就是這個，這個苦啊；這個、這個、就是這個甘味呀……

有天早上我搭小田急線電車來店裡來的時候，大概是初夏吧，牽牛花正開。快速電車經過世田谷一帶，我看著窗外，房子正好過去，出現空地，草長得很茂盛的地方。車外靜靜地下著雨。牽牛花從茂盛的草叢間探出頭來，就像蛙式游泳選手從水中冒出頭來那樣，三、四、五、六、還有更多朵。無聲地、不斷出現，雨下在牽牛花上。我恍惚地看著，那時不知怎地，湧現出約定實現了的感慨。

植物需要水，雖然沒有特別約定，但一定有下雨的一天。下雨算是條件，或是讓草繁殖的環境要素，終於下起雨時，我想與其說草，不如說是看著那草和雨的我，湧起「約定實現了啊」的感慨。就是這麼回事。這樣的心情，讓本來就知道的事更加化爲信念，不只是約定實現了而已，而且約定就算遲到也非要達成不可。

這種在空檔發呆時，恍惚之間、無意間想到的，自然而然不知怎麼就浮現腦海。同時，例如塞．湯伯利畫的線。好像沒有什麼意義的那種線，雖說是「什麼都不用想」，但意思我懂。被挑動的我的感覺中，有一種接近信念的東西，那條線所無法動搖的東西，我想，是可以信賴的線。此外，我也了解《水之驛站》的意義。雖然我並不是很懂，但不知爲什麼卻處於可以說是沒有疑惑的狀態，或者說雖然不明白卻感覺好像可以信賴似的，變成信念。

我可以說每天都在重複這樣的事情。站在咖啡店，心想我從什麼都不懂的孩子的時候開始，一直重複做著同樣的事。

客人說的話和行動在我心中留下些許痕跡，過了相當長的時間後，有時候我會再度想起。如果要說那時我有弄明白了什麼，或許就是即使會花很長的時間，也會發現終究是在等待這個時候的來臨。所以花了點時間沒關係，咖啡店，是要開很長歲月的。

咖啡店歇業後已經過了五年，回想起客人時，會覺得現在好像正在店裡碰面的眞實。前一陣子坐在新宿的 Le Parrain 酒吧的櫃檯時，旁邊的座位好像有誰來坐過。是那個人，然後正對面的座位是那個人坐過。然後打開門走進來的是那個傢伙。一個接一個人出現了，座位好像都客滿了，看得我眼花撩亂，有時也會傷腦筋。那時候很開心。因爲任何時候、任何人都能遇到。

我會預先準備好美味的咖啡，下次再見吧。謝謝。

參考文獻

武野武治《火炬十六年改訂版》理論社、一九六四年
太田省吾《劇之希望》筑摩書房、一九八八年
太田省吾《舞台之水》五柳書院、一九九三年
那珂太郎（編）《西脇順三郎詩集》岩波書店、一九九一年
西脇順三郎《西脇順三郎対談集》薔薇十字社、一九七二年
西脇順三郎《薊之衣》講談社、一九九一年
《美術手帖》一九五九年八月號、美術出版社
城戸洋《平野遼　青春之闇　平野清子聞書》水之輪出版、二〇〇二年
平野遼《平野遼　水彩・素描集　疾走之悲哀》SWITCH出版社、一九九八年
《美術之窗》一九八六年十二月号、生活之友社
秋山敬《評伝　平野遼─描繪危機與平穩之夾縫─》九州文學社、二〇〇〇年

松永伍一（編著）《平野遼詩集　青色融雪》生活之友社、一九九五年
平野遼《地底之宮殿》湯川書房、一九九〇年
平野遼《平野遼　自選畫集》小學館、一九七七年
北九州市立美術館《平野遼之世界展》北九州市立美術館、一九八七年
東京中央美術館《平野遼展：其宇宙之韻律》平野遼展實行委員會、一九九〇年
下関市立美術館《平野遼展：光與線之交響》平野遼展實行委員會、一九九一年
北九州市立美術館《平野遼展》平野清子、一九九七年

＊參考文獻引用的文章，部分經摘要及重編，與原文或有差異。

Essential YY0925

大坊珈琲店手記

——把在這裡的時間，變成重要的時間

大坊珈琲店のマニュアル

作者

大坊勝次

一九四七年生於岩手縣盛岡。在東京南青山經營咖啡店「大坊珈琲店」。一九七五年開店，始終採取自家烘焙、法蘭絨濾泡手沖萃取咖啡的方式，室內裝潢維持不變，直到二〇一三年十二月大樓改建不得不關店。現在應邀在日本全國各地教授手搖烘豆機、法蘭絨滴泡手沖咖啡講座，親自示範教學。

譯者

賴明珠

一九四七年生於台灣苗栗，中興大學農經系畢業，日本千葉大學深造。回國從事廣告企畫撰文，喜歡文學、藝術、電影欣賞及旅行，並選擇性翻譯日文作品，包括村上春樹的多本著作。以及川本三郎的《我愛過的那個時代》、《然後，明天繼續下去》。

封面與內頁照片　關戶勇
封面設計　陳恩安
責任編輯　陳柏昌
行銷企劃　楊若榆
版權負責　李佳翰
副總編輯　梁心愉

初版一刷　二〇二一年一月四日
定價　新台幣三六〇元

ThinKingDom 新經典文化
發行人　葉美瑤
出版　新經典圖文傳播有限公司
地址　10045臺北市中正區重慶南路一段五七號十一樓之四
電話　886-2-2331-1830　傳真　886-2-2331-1831
讀者服務信箱　thinkingdomtw@gmail.com
臉書專頁　http://www.facebook.com/thinkingdom/

總經銷　高寶書版集團
地址　11493臺北市內湖區洲子街八八號三樓
電話　886-2-2799-2788　傳真　886-2-2799-0909
海外總經銷　時報文化出版企業股份有限公司
地址　桃園市龜山區萬壽路二段三五一號
電話　886-2-2306-6842　傳真　886-2-2304-9301

大坊珈琲店手記：把在這裡的時間，變成重要的時間/大坊勝次著；賴明珠譯. -- 初版. -- 臺北市：新經典圖文傳播有限公司, 2020.12
224面；14.8×21公分. --（Essential；YY0925）
ISBN 978-986-99687-2-0（平裝）

861.67　　109020409

Original Japanese title: DAIBOU COFFEE TEN NO MANUAL

Original Japanese edition published by Seibundo Shinkosha Publishing Co., Ltd.
Traditional Chinese translation rights arranged with Seibundo Shinkosha Publishing Co., Ltd.
through The English Agency (Japan) Ltd. and AMANN CO., LTD, Taipei.

Printed in Taiwan